나도 솔로
다시 사랑할 수 있을까?

마땅히 사랑해야 할, 사랑받아야 할,
우리들의 아름다운 이야기

나도 솔로
다시 사랑할 수 있을까?

주민관 지음

바이북스
ByBooks

돌아오지 마라, 싱글로

제주 서귀포에 있는 올레길 3번 코스를 걷다 보면 신풍목장이 나온다. 목장을 지나면서 보이는 광활한 초원과 바다의 풍경은 단연코 으뜸이다. 목장과 연결된 올레길을 걸으면 바다를 끼고 목장에서 자유롭게 풀을 뜯고 있는 소와 말들을 볼 수 있다. 바람이 많이 거세게 불 때면 절벽을 때리며 높이 차오르는 파도의 웅장함이 장관을 이룬다. 그뿐인가 멀리 성산일출봉이 보이고 한라산 너머로 물들어가는 노을이 압권인 곳이다.

여행을 와서도 자주 들르던 곳인데 〈바램 감성소통연구소〉 제주 센터를 오픈한 후부터는 더욱 자주 오게 되었다. 커다란 창이 나 있는 작은 카페에 앉아 자연을 바라보며 글을 쓰고 있으면 감사한 마음이 절로 든다.

최근에는 젊은 커플들이 프리 웨딩 촬영을 하는 곳으로 더욱 유명해졌다. 매번 이곳에 들르면 동시간에 3~4팀 이상이 웨딩 사진을 찍고 있다. 하루로 치면 수십 쌍이 이곳에서 웨딩 사진을 찍고 돌아갈 것이다. 이곳에서 웨딩 사진을 찍고 있는 이들뿐 아니라, 지금 어디에서 누군가와 행복해하고 있을 모든 이들이 부디 지금처럼 앞으로도 행복하길 소망해 본다.

솔로와 돌싱들이 더 행복한 내일을 준비하면 좋겠다. 여전히 솔로들에게 연애상담을 하고, 여전히 돌싱들의 마음을 위로하고 용기를 주는 일은 나에게 소중한 부분을 차지한다. 이 글을 쓰면서 특히 돌싱들의 변주곡 부분에서는 마치 내가 솔로를 권장하고 돌싱을 추천하는 것처럼 독자들이 느껴질 수 있으나 절대 아니다.

나는 많은 솔로들이 가정을 이루고 행복한 결혼 생활을 하게 되는 것을 누구보다 간절히 소망하고 있는 사람이다. 이 책은 모두의 행복을 위한 글이다. 부부 컨설팅을 할 때에도 잘 사는 방법을 이야기해주지 이혼하는 방법을 말하지는 않는다.

결혼한 사람들뿐만 아니라 모든 이들이 행복하기를 소망하며 수천 번의 강연을 했다. 나는 솔로들이 자신과 함께할 사랑을 찾기를 바라며 돌싱들이 아파하지 않고, 행복한 삶을 살기를 소망한다.

"나도 솔로다~"라고 당당하게 말할 수 있기를 바란다. 현재 솔로인 청춘들 그리고 결혼을 준비하고 있는 사람들, 결혼 생활을 하고 있는 부부들, 재혼을 준비하는 사람과 돌싱인 사람들, 돌돌싱인 사람들, 돌돌돌싱인 사람들 모두의 행복을 기도하며, 이 글이 작은 위로와 새로운 시작을 하는 데 작은 도움이 되기를 바란다.

이 글을 쓰면서 간혹 돌싱에 대한 정의를 내려보았다. 흔히 돌싱을 '돌아온 싱글'이라고 정의를 내리고 있다. 거기에 나는 하나 더 만들어보았다.

돌 - 돌아오지 마라.
싱 - 싱글로

우리의 인생에는 수많은 음표와 음절과 마디가 있다. 마치 하나의 교향곡처럼 그 안에는 기쁨과 슬픔, 환희와 감격, 사랑과 이별, 그리고 행복과 두려움 모든 것이 담겨 있다.

이 책을 읽는 동안 독자가 오케스트라 지휘자가 된다. 수많은 연주가들을 지휘하여 아름다운 하모니를 만들어 내는 지휘자의 역량과 스타일에 따라 같은 곡도 전혀 다르게 들리고 해석이 되는 것처럼, 이제 독자들은 자신의 생활에서 이루어진 모든 관계와 만남과 상황을 지휘해야 한다.

우리의 상황이 슬픔이 되기도 하고, 기쁨과 환희가 되기도 한다.

당신에게 달려 있다. 솔로들의 전주곡, 돌싱들의 변주곡 그리고 우리들의 교향곡이 각 악장별로 완성이 되어 솔로의 사랑이 완성되기를 소망한다.

그리고, 지금 사랑하고 있지만, 더 사랑하고 싶고, 함께하고 있지만 영원하길 간절히 원하고 있는 이들과도 함께하고 싶다.

다시 사랑할 수 있을까?

이 질문은 당신에게 희망이며 설렘이다.

이 책의 마지막 장을 덮을 때 당신은 이 질문에 명쾌하게 답을 할 수 있게 될 것이다.

포기하지 마라.

다시 사랑할 수 있다.

나와 당신 그리고 사랑을 바라고 있는 모든 이들에게 이 글을 바친다.

소통닥터 주민관

2 \ 이제 분위기를 바꿔보자
돌싱들의 변주곡

3 \ 아름다운 화음을 만드는 우리의 삶　우리들의 교향곡

솔로들의
전주곡

유명한 클래식 음악 중에는 전주곡이라는 제목을 가진 곡들이 적지 않다. 그런데 전주곡은 본래는 건반악기용으로 극히 짧은 것이었으나 점점 모음곡의 첫째 악장이 되었다. 나중에는 악곡의 도입으로서는 성격을 상실하고 독립적 연주로 활용하고 있다. 솔로로 거듭난 것이다.

스스로 솔로임을 인정하는 것부터가 새로운 사랑을 시작할 수 있는 첫걸음이 된다. 솔로들의 전주곡은 진실된 사랑을 시작하기 위한 우리의 공간이며 숨길에 관한 이야기이다.

당신의 인생을 아름답게 해줄 수 있는 '설렘'이며 '새로운 꿈'을 발견하길 기대한다.

1

너도 솔로?
나도 솔로!

아이 엠 솔로

마음 열기

부끄러운 과거는 없습니다.
부끄러운 미래만 있을 뿐입니다.

지금 당신이 부끄럽게 생각하는
지난 모든 일들은
이미 돌이킬 수 없는 과거일 뿐.

과거로 인하여
현재에 최선을 다하지 못한다면
당신에게는
부끄러운 미래만 있을 뿐입니다.

어둠 속 표류하는

쓸쓸한 돛단배를 향한

작은 섬 조그만 등대의 한 줄기 빛처럼

마음을 여는 순간

마음속 부끄러움은

더 이상 부끄러움이 아닙니다.

빛이 있으면

더 이상 어둠이 있을 수 없습니다.

마음을 여세요.

빛이 들어올 수 있도록…

당신은 어떤 아픔을 품고 살아가고 있나. 내 친구도 동료도 가족도 심지어 초등학생인 나의 조카도 이런 나름의 아픔을 가지고 있다. '아픔을 가지고 산다.'라는 말은 '아픔을 숨기고 산다.'라는 말과 같다. 왜냐하면 대부분의 사람들은 아픔을 감추기에 급급한 것을 스스로 알고 있기 때문이다.

나 역시 다르지 않다. 상담을 하다 보면 '어떻게 이런 아픔들을 지금까지 잘도 감추고 지냈을까?' 싶을 정도로 힘들어하는 사람들을 많이 본다. 가정의 이야기가 앞집으로, 옆집으로 세어 나갈까 봐 조심조심. 한여름에도 살얼음을 걷는 것처럼 생활하고 있지 않는지 걱정된다. 얼굴은 항상 경직되어 있고 어투는 항상 딱딱하다. 자신의 감정을 조금이라도 들키지 않으려고 최대한 노력을 하고 있다.

힘들다. 자포자기다. 사랑하는 사람과 헤어지고, 부부싸움으로 힘들어도 아닌 척하는 데 많은 에너지를 쏟아내고 있다. 간혹 감추고 있는 것을 누군가 알아차리면 이내 먼저 화를 내고 도망가버리기도 한다. 과거에 가정에서 받았던 상처, 학교에서 일어났던 일 기타 등등 우리들은 수없이 많은 일들로 불안해한다.

너는 어때? 과거 따윈 괜찮지?

이런 상황은 솔로 탈출을 외치고 있는 너의 발목을 잡게 될 거야. 당당하게 다시 일어서려고 했는데, 이내 다시 작아지고 뒷걸음질을 치며 소극적으로 변해버리는 너 자신을 본 적 있지?

왜 그럴까? 바로 너의 마음속에 있는 부끄러움 때문이야. 아무도 모르고 있을 너의 과거에 있었던 부끄러움이 결국 두려움이 되어 네가 솔로 탈출을 못하게 하고 있는 거야.

마음에 부끄러운 것이 있다면, 지금이 그것을 없애 줄 절호의 시간이야. 부끄러운 과거만을 생각한다면 과거에 사로잡혀서 절대로 미래를 계획할 수 없어. 연애 상담을 하다 보면 사람들이 나에게 이렇게 말하더라고.

"미래를 계획하지 않아도 하루하루 열심히 살면 되잖아요."

맞는 말이야. 그런데 틀리다. 하루하루 열심히 사는 것은 맞고, 미래를 계획하지 않는 것은 틀리다. 지금에 충실한 사람은 미래를 계획하게 되고, 지금에 충실하려면 과거에 있던 부끄러움을 가지고 있으면 안 돼.

과거의 사랑에 실패한 것을 해결하지 않고 새로운 사랑을 만날 수 있을까?

모태 솔로라고? 너도 마찬가지야. 너 역시 과거에 아주 짧게라도 누군가를 만났고, 누군가를 좋아해본 경험은 있을 거야. 그러나 그 때의 실수와 짝사랑의 아픔이 쌓여서 결국 사랑을 포기하고 지금까지 온 것 아닐까?

과거의 부끄러움에 갇혀 사는 사람은 절대로 현재를 즐겁게 실수도 없고, 하루하루에 최선을 다할 수 없어. 자칫 잘못하면 과거의 부끄러움이 들통나 버릴 텐데 어떻게 당당하게 생활할 수 있겠어? 과거를 부끄럽게만 생각하고 있으면 자격지심이 나를 짓눌러 하루하루 감추기에 급급할 거야. 결국 좋지 않은 생각들의 악순환이 될 것이 뻔하잖아.

부끄러운 과거는 없어. 네가 부끄럽다고 생각할 뿐이야. 과거는 이미 지나버린 일일 뿐이야. 그것은 아무것도 아니야. 그렇다고 없었던 일이 될 수도 없잖아. 그것이 부끄러운 사건이든, 자랑스러운 사건이든 팩트라면 바뀌지 않을 거야.

자랑스러운 일은 인정하고, 부끄러운 사실은 인정하지 않는다면 너는 너의 안에 잘못된 자아를 계속 생산하게 될 거야. 자랑스러운 일이든, 자랑스럽지 못한 일이든 모두 인정하도록 해봐.

"내가 잘못한 '일'이었구나."

"내가 슬펐던 '일'이었구나."

"내가 행복했던 '일'이었구나."

이렇게 말하면서 과거의 것은 훌훌 털어버리는 거야. 솔로 탈출을 원한다면 너의 과거에 당당해져야 해. 이제 시작이다. 새롭게 만나게 될 사람은 너의 당당한 모습을 사랑하게 될 것이 틀림없어.

네가 부끄럽다고 생각했던 과거의 일들이 너의 지금과 미래를 결정짓게 하지 마.

지금 옆에 누군가가 있다면 너의 마음을 열어봐. 그 순간 너는 자유해질 것이며, 무거운 짐 하나를 내려놓게 될 거야.

솔로인 너를 축복하고

솔로를 탈출하게 될 너를 응원할게.

그리고

당당하고 행복한 솔로의 시간을 보내도록 해.

"아이 엠 솔로"

플러팅을 아시나요?

사랑은 연결하는 것이다.

솔로와 솔로를 연결한다. 연결이 되는 과정은 아주 복잡하고 심오하다. 보이지 않는 상대방의 감정을 실례가 되지 않는 범위에서 알아내고 표현하는 것은 쉽지 않다. 그래서 플러팅이 매우 중요하다.

플러팅(Flirting)이라고 하는 신조어가 있다. 플러팅은 상대방이 마음에 들 때 나의 호감을 표현하고자 유혹하는 행위 또는 교제를 목적으로 다가가는 것을 말해주는 단어이다. 즉, 한 사람이 다른 한 사람에게 혹은 두 사람 사이에 생기는 호감을 표현하는 행동이다. 이것을 잘 알아차리는 것도 솔로를 탈출하는 지름길이다.

모태솔로를 포함한 모든 솔로들을 위해 플러팅에 대한 팁(Tip)을 알려주고자 한다. 플러팅은 대화를 포함해서 신체 접촉, 몸짓, 말 등 다양한 방법으로 가능하다.

방법은 다양하지만 하지 말아야 할 규칙도 있다. 이것을 지키지 않으면 플러팅은 자칫 오해를 받을 수 있게 되고, 상대에게 피곤함을 주게 된다. 잘못된 플러팅의 결과는 헤어짐이다. 만약 이 책을 읽고 있는 당신이 솔로(돌싱)라면 혹은 솔로를 코칭해주어야 하는 사람이라면 다음에 나오는 방법들을 참고해주면 좋겠다.

플러팅의 방법은 내가 강연하고 있는 소통의 단계와 비슷하다. 소통의 단계는 1단계 신체접촉에 의한 본능적 소통, 2단계 지능지수에 의한 일반소통, 3단계 감정에 의한 감성소통이다. 이는 순차적으로 올라간다.

플러팅의 유형과 단계도 3단계로 진행을 해보면 좋다. 본능에 의한 플러팅은 첫째로 간단한 접촉을 통해 알 듯 말 듯 시작을 하고 둘째로 책과 습득을 통해 말과 행동을 해야 한다. 그리고 마지막으로 감정적인 소통과 공감을 하며 상대를 알아가고 이해해주는 배려 깊은 마음으로 한다면 당신은 플러팅에 성공하게 되고 솔로를 탈출하게 될 것이다.

플러팅의 유형

플러팅을 하는 데에는 여러 가지 유형이 있다. 앞서 말한 단계적으로 대표적인 것만 몇 가지 이야기하도록 하자.

신체적인 방법

눈 맞추기, 귓속말하기, 어깨 감싸기, 컵을 잡을 때 손가락을 스치는 것, 길을 걷다 어깨를 부딪치는 것 등이 있다. 이것은 신체 접촉에 의한 플러팅이다.

몸짓을 통한 방법

남자와 여자가 은근히 관심을 갖게 되는 신체의 부위들이 있다. 여성이 머리를 걷어 올리던가, 목덜미를 노출하는 것. 눈을 맞추며 이야기하다가 윙크를 하는 등의 행동인데, 사실 이런 방법은 자칫 오해를 줄 수 있으니 웬만한 프로 아니면 지양하는 것이 좋겠다.

직접적으로 표현하는 방법

직접적인 표현 중 가장 좋은 것은 '말'이다. 재치 있는 말 한 마디는 몇 시간의 피로를 풀어줄 수 있기 때문이다. 서로의 호감도가 높다고 생각하면 직접화법으로 이야기를 해도 된다. 그전에는 칭찬을 하고, 애교 있는 말투를 하거나 거슬리지 않는 농담, 유머를 하는 것 등이다.

이외에도 다양한 방법이 있겠지만 모든 표현의 방법은 모태솔로들에게는 여간 힘든 것이 아니다. 그리고 상대가 이러한 플러팅을 내게 해와도 그것을 알아차리지 못하여 관계가 깨지기도 한다. 그

러므로, 감정을 표현하는 것과 감정을 알아차리는 것에는 노력과
배움이 필요할 수 있다.

플러팅의 바람직한 모습

플러팅이 다 좋은 것만은 아니다. 오히려 타인에게 나의 단점이
적나라하게 노출될 수 있기 때문에 올바른 플러팅 방법을 알아야
한다.

이타적으로 행동해야 한다.

이타적으로 행동한다는 것은 자신의 생물학적 불이익에도 불구
하고 다른 개체에게 생물학적인 이익을 주는 것을 말한다.

행위의 목적이 타인을 위한 것이 되는 것이다. 호감을 표현하는
데 자기 방식대로 자기중심적으로 표현을 한다면 그 상대가 누구라
할지라도 좋아하지 않을 것이다. 플러팅은 철저하게 상대방 관점에
서 이루어져야 한다.

예의를 갖추어야 한다.

"Manners maketh man" - 영화 〈킹스맨〉

시크릿 에이전트 편에서 킹스맨 캘러해드 요원인 해리 하트가 게리에그시 어윈에게 폭력을 휘두르려 하는 악당의 부하들을 혼내주기 전에 한 말로 유명하지만, 사실 이 말의 유래는 영국의 신학자이자 정치가 겸 교육자인 위컴의 윌리엄(1324~1404)이 한 말이다.

그런데 이 말은 또 행주대첩의 히어로인 권율 장군이 어릴 적에 동네 친구를 괴롭히던 오성 이항복에게 물리적으로 제재를 가하기 진에 한 말이기도 하다.

"덕행이 군자를 만든다."

동서고금을 막론하고 매너 있는 행동은 시대와 지역의 구분없이 중요하다는 것을 알 수 있다. 기억하자.

"당신의 매너 있는 플러팅이 사랑을 완성할 수 있다."

경험을 만들어야 한다.

이것은 추억의 책장을 써 나가는 것과 같다. 이러한 경험들은 훗날 내가 플러팅을 할 때 적절하게 시너지의 효과를 만들어 낼 수 있다. 물론, 경험을 만들어 나갈 때 중요한 것은 상대가 좋아하는 식당, 여행지, 취미 등으로 진행해야 한다는 것이다.

상대에 대한 칭찬 표현을 하자.

표현을 하되 적당히 해야 한다. 상대에 대한 좋은 표현도 한 번

만났을 때 여러 번 하게 되면 지나치게 되어 형식적으로 들려질 수 있고, 나중에는 그냥 흘려서 듣게 될 수 있기 때문에 적당히 한두 번 정도 하는 것이 좋다.

센스 있는 칭찬의 타이밍은 가능하면 처음에 해야 한다. 그래야 첫 단추가 잘 꿰어지게 된다. 절대 평가는 하지 말아야 한다. **평가는 최소화하되, 하지 않는 것이 좋다.**

상대의 취향을 기억하자.

플러팅을 할 때 상대의 취향을 기억해주는 것은 매우 중요하다. 그것은 당신에게 관심이 있다는 것을 간접적으로 보여주게 되기 때문이다. 예를 들어 뜨거운 아메리카노를 시킨 후 호호~ 불면서 조심스럽게 마시거나 조금 식을 때까지 기다렸다가 마시는 것을 본 적이 있다면 오더를 하면서 점원에게 이렇게 말해보자.

"얼음을 두 조각만 넣어주세요."

상대는 당신이 보이지 않게 미소를 짓고 있을 것이다.

그렇다면 플러팅을 하는 데 있어서 바람직하지 못한 모습은 무엇일까? 앞서 말한 행동의 반대되는 행동이다. 아주 간단하다.

솔로들이 데이트를 나가기 전에 플러팅의 방법을 익히는 것은 수능시험을 앞둔 수험생이 족집게 과외를 한 번 수강하고 나가는 것

과 같다. 그만큼 중요하다.

허나 조심하자. 시험 전날 너무 열심히 공부한다고 밤을 새우고 정작 시험시간에 너무 졸려서 시험을 망치는 일은 없도록 해야 한다. 플러팅은 상대의 기분을 상하게 할 수 있고, 오해를 만들게 될 수도 있어서 오히려 득보다 실이 커지는 경우도 있기 때문에 신경을 써야 한다.

이것은 상대방과 좋은 관계를 만들어 주는 도구가 될 수도 있고 헤어지는 기회를 제공할 수도 있다. 상대방을 존중하고 정중하게 표현하므로 상대방에게 편안함을 준다면 분명 좋은 결과를 가져오게 될 것이다.

너는 좋아하는 사람에게 플러팅 잘하고 있니?

솔로들은 플러팅에 민감해야 하거든. 물론 쉽지는 않을 거야. 사랑이라는 감정이 아주 예민하기 때문에 사랑을 시작하고 싶다면 스스로 오감이 예민해지는 것이 좋아.

솔로들이여.

나이가 작든, 많든, 젊든, 늙든, 외모에 상관없이 예민해져라.

사랑에 예민한 사람은

행복을 누릴 수 있는 확률이 높다.

표현하는 것도 연습이 필요해

말해봐…

아파요.
많이 아픈데
아프다고 말할 수 없어요.

슬퍼요.
많이 슬퍼도
슬퍼할 수 없었어요.

많이 아프니?
나도 아프단다.
많이 슬프니?
나도 슬프단다.

너도 나에게 말해봐

아프다고

슬프다고

외롭다고

힘들다고

그러기만 하면 돼.

모태솔로의 특징은 자기 자신을 표현하는 것에 익숙하지 않다는 것이다. 그래서 좋아하는 사람을 만나도 그저 바라만 보다 끝내든지, 아니면 마음을 잘 표현하지 못해서 사랑하는 사람을 잡지 못하는 경우가 많다.

육십이 넘은 노부부가 성격 차이를 이유로 이혼을 했다. 성격 차이로 이혼한 그 노부부는 이혼한 그날 이혼 처리를 부탁했던 변호사와 함께 저녁식사를 했고, 주문한 음식은 통닭이었다.

통닭이 도착하자 남편 할아버지는 마지막으로 자기가 좋아하는 날개 부위를 찢어서 아내 할머니에게 권했다. 권하는 모습이 워낙 보기가 좋아서 동석한 변호사가 어쩌면 이 노부부가 다시 화해를 할 수도 있을지 모르겠다고 생각하는 순간 아내 할머니가 기분이 아주 상한 표정으로 마구 화를 내며 할아버지에게 말했다.

"지난 30년간을 당신은 늘 그랬어. 항상 자기 중심적으로만 생각하더니 이그 난 다리를 유난히 좋아한단 말이야! 내가 어떤 부위를 좋아하는지 당신은 이제껏 한 번도 물어본 적이 없어. 매일 당신 맘대로 생각하고, 당신 맘대로 말하고."

그러더니 크게 소리를 치며 말했다.

"당신은 자기 맘대로고 이기적인 인간이야."

아내 할머니의 그런 반응을 보며 남편인 할아버지가 말했다.

"날개 부위는 내가 제일 좋아하는 부위야."

"나는 내가 먹고 싶은 부위를 30년간 꾹 참고 항상 당신에게 먼저 준 건데 어떻게 그렇게 말할 수가 있어 이혼하는 날까지 말이야."

화가 난 노부부는 서로 씩씩대며 그 자리를 박차고 일어나 각자의 집으로 가버렸다. 집에 도착한 남편 할아버지는 자꾸 아내 할머니가 했던 말이 생각났다.

'정말 나는 한 번도 아내에게 무슨 부위를 먹고 싶은가 물어본 적이 없었구나. 그저 내가 좋아하는 부위를 주면 좋아하겠거니 생각했네. 나는 여전히 아내를 사랑하고 있는데 아무래도 사과라도 해서 아내 마음이나 풀어주어야겠다.'

이렇게 생각한 남편 할아버지는 아내 할머니에게 전화를 걸었다. 핸드폰에 찍힌 번호를 보고 남편 할아버지에게서 걸려온 전화임을 안 아내 할머니는 아직 화가 덜 풀려서 그 전화를 받고 싶지 않았다. 전화를 끊어 버렸는데, 또다시 전화가 걸려오자 이번에는 아주 전원을 꺼버렸다.

다음 날 아침 일찍 잠에서 깬 아내 할머니는 이런 생각이 들었다.

'그러고 보니 나도 지난 30년 동안 남편이 날개 부위를 좋아하는 줄 몰랐네. 자기가 좋아하는 부위를 나에게 먼저 떼어내 건넸는데 그 마음을 모르고 나는 화난 얼굴만 보여주었으니 얼마나 섭섭했을까. 나에게 그렇게 마음을 써주는 줄은 몰랐네. 아직 사랑하는 마음은 그대로인데 헤어지긴 했지만 늦기 전에 사과라도 해서 섭섭했던 마음이나 풀어주어야겠다.'

아내 할머니가 남편 할아버지 핸드폰으로 전화를 걸었지만 남편 할아버지는 전화를 받지 않았다. '내가 전화를 안 받아서 화가 났나?' 하며 생각하고 있는데 낯선 전화가 걸려왔다.

"○○○ 씨 아내 되시죠? 남편께서 돌아가셨습니다."

급히 남편 할아버지 집으로 달려간 아내 할머니는 핸드폰을 꼭 잡고 죽어 있는 남편을 보았다. 그 핸드폰에는 남편이 마지막으로 자신에게 보내려고 적은 문자 메시지가 있었다. 보내지지 못한 문자를 확인하는 순간 아내 할머니는 한없이 울었다.

"여보 미안해,
사랑해,
용서해줘."

너는 표현을 잘하고 있는 편이니?

남자와 여자는 사랑하는 방법이 서로 다른 거 알지? 남자는 사랑
하는 마음만 가슴에 담고 있으면 그만이라고 하지만 여자들은 한사
코 그 가슴속에 담겨 있는 사랑을 꺼내서 보여주기를 원한다잖아.

지금 너의 마음을 이야기해봐.

아마도 너와 같은 마음으로 아파하고 있었을 거야. 너의 마음속
깊이 감추어둔 무언가를 털어놓았을 때, 지금까지 경험해보지 못했
던 놀라운 회복의 감격을 경험하게 될 거야.

솔로 탈출을 위해

너의 마음을 표현하도록 해.

그리고

마음을 표현하는 것도 연습이 필요해.

기다리지 말고 먼저 해봐

기다리지 마세요

나를
사랑해줄 사람을 찾지 말고
내가
사랑해줄 사람을
먼저 찾아가세요.

나비는
꽃이 오기를 기다리지 않아요.
나비를 부르는 끊임없는
꽃들의 노래를 들어보세요.
기다리지 마세요.
먼저 가세요.

기다리지 마세요.

먼저 말하세요.

당신은 지금 사랑하는 사람이 있는가. 여전히 솔로인데, 누군가를 사랑하고 있다면 둘 중 하나일 것이다. 짝사랑 아니면 외사랑.

외사랑과 짝사랑의 차이점을 알고 있는가?

당신이 B라는 여자를 사랑한다고 가정을 하도록 하자. 짝사랑은 당신이 B를 사랑하는 것을 B라는 여자는 모르는 것이다. 외사랑은 당신이 B를 사랑하는 것을 B라는 여자도 알고 있는 것이다. 그런데 그 사랑을 받아 줄 수 없는 것을 말한다.

짝사랑과 외사랑 둘 다 아픈 사랑임에는 틀림이 없다. 그렇다면 둘 중 어떤 사랑이 더 아플까? 짝사랑은 멀리서 혼자 사랑하다가 혼자 끝낼 수 있다. 외사랑은 사랑하는지 알면서도 사랑할 수 없기에 상처가 많이 남게 된다.

누군가를 사랑하는 당신, 누군가를 사랑하고 싶은 당신. 그러나 여전히 과거의 아픔으로 혼자 힘들어 하며 솔로인 당신. 짝사랑이든 외사랑이든 그 아픔의 공식을 깨려면 어떻게 하면 될까?

사랑을 만들자.

용기를 내서 그에게 또는 그녀에게 다가가서 먼저 말을 해보자.

"당신이 좋아요!"

여자가 먼저 사랑고백을 하면 안 되나? 남자는 언제까지 여자의 행동만 살피며 그렇게 사랑하는 여자의 주위만 맴돌 것인가?

한 사람이 구석에 앉아 울고 있다. 이제 그에게 다가가서 "왜 울고 있냐?"고 먼저 물어보자. 그리고 그의 어깨를 감싸주며 같이 울어줄 수도 있다.

만약, 울고 있는 사람이 당신이라면 어떻게 해야 할까? 가정에서 친구 사이에 부모와 자녀 사이에 그리고 심지어 사랑하는 사람에게도 누군가는 상처를 주고 누군가는 상처를 받는다.

용기를 내어 먼저 고백하자.

미안하다고…

너는 그의 사랑이 필요할 때 어떻게 할 거야?

네가 그의 사랑이 필요할 때,

그가 너의 사랑이 필요할 때

네가 그녀에게 다가가고 싶을 때,

그녀가 너에게 다가오고 싶을 때

가슴을 치며 받아 주지 못하는 상황이 오기 전에

용기를 내어 먼저 고백해보도록 해.

좋아한다고, 사랑한다고.

용기를 내서 먼저 그에게 가서 고백을 하는 거야.

짝사랑이든, 외사랑이든

설령 이루어질 수 없는 사랑일지라도 고백해.

그 사람의 고마움이 미안함이 되지 않도록

너의 사랑에 후회하지 않도록

소중하니까 통하는 사랑의 시작

소통의 시작

당신과 눈을 마주치려 할 때
눈빛을 교환하도록 하세요.
눈을 감지 마시구요.

당신의 소리를 들으려 할 때
조용히 속삭여 보세요.
뒤돌아서지 마시구요.

당신의 몸짓을 느끼려 할 때
가만히 기대어 보세요.
부끄러워하지 마시구요.

땅거미 짙어가면 어느새 찾아드는 어둠처럼

소리 없이 다가오는 사랑의 시작

살며시 날리는 부드러운 머릿결

수줍은 설렘

나는 지금 당신을 봅니다.

소통은 눈빛만으로도 할 수 있다.

가만히 눈을 마주보고 있어도 소통할 수 있다. 사랑하는 누군가가 생겼다면 먼저 그 사람의 눈을 가만히 바라보자. 상대방의 눈에서 당신을 볼 수 있을 것이다.

소통은 작은 소리의 울림만으로도 할 수 있다.

사랑하는 사람의 입모양을 가만히 보고 그 입모양을 읽어보도록 하자. 그 안에 깊은 속삭임을 느낄 수 있을 것이다.

어쩌면 작은 입모양만으로도 그 사람의 마음까지도 들여다볼 수 있을 것이다. 입모양에서 흘러나오는 작은 숨소리까지 귀를 기울이자.

소통은 몸짓의 작은 떨림만으로도 할 수 있다.

가만히 몸을 기대어보자. 그리고 숨결의 떨림을 느껴보자. 고르게 움직이고 있는지 설렘에 떨리고 있는지. 우리는 온몸으로 말을 할 수 있도록 창조되었다. 모든 기능으로 대화할 수 있는 것. 그것이 진짜 소통이다.

굳이 많은 말을 하려고 하지 않아도 된다.

소통은 가슴으로 하는 것이기 때문이다. 누군가가 당신을 물끄러미 바라보고 있다면 그가 당신과 소통하고 싶어 한다는 것이다. 누군가가 당신의 소리에 귀 기울이고 있다면 그가 당신과 소통하고 싶어 한다는 것이다. 누군가가 당신의 숨결을 느끼려 한다면 그는 당신과 소통하고 싶어 하는 것이다.

스스로 높은 벽을 쌓을 필요는 없다.

당신이 고독과 외로움 그리고 죄책감을 이기지 못하고 여러 가지 방어벽을 세우게 된다면 당신 스스로 영원히 솔로이기를 자처하고 있는 것이다. 그것은 반복되는 외로움과 아픔의 원인이 될 것이고, 절대로 위로도 치료도 될 수 없을 것이다. 당신 스스로 높은 벽을 쌓아 놓는다고 해서 모든 상황이 자유로워지는 것은 아니다.

너는 사랑 이전에 소중함이 먼저니?

네가 사랑에 실패한 경험이 있다면 잘 생각해봐. 사랑은 하는데 소중히 여기는 마음은 없는지. 사실 사랑 이전에 소중한 마음을 가지고 있어야 하거든. 너도 소중히 여기는 마음을 갖게 된다면 다시 사랑에 성공할 수 있을 거야.

이전의 상처로 인해서 누군가와 새롭게 시작하기 힘들다고?

잊지 마. 너는 여전히 사랑받기에 충분한 사람이야. 수없이 많은 일들을 감당하며, 또 많은 시간들을 보내면서 여러 가지 뜻하지 않은 일들을 겪을 때가 있어.

포기하고 싶고, 힘들다고 소리치고, 왜 나만 이런 고통을 겪어야 하는 것인지 통곡하기도 했을 거야. 절망 그 자체일 때가 있었을 거야. 그 시간은 포기하는 순간이 아니라 지금의 너를 점검하게 하는 기회야. 고통 속에 흐느끼며 너 자신을 깨닫는 아주 귀한 시간이야.

이제 너는 그 순간을 피하려고 하는 것이 아니라, 그 길을 헤쳐 나갈 수 있는 방법을 고민하는 것이 오히려 옳다는 것을 알았을 거야

지금의 시간을 진심으로 감사하고, 감격하도록 해봐.

사랑할 사람의 소리를 듣기를 원하고,

사랑할 사람의 몸짓을 보기를 간절하게 소원해봐.

그와 소통하기를 간절하게 원해야 해.

사랑의 시작을 위한 소통의 시작이 될 거야.

소통은 소중히 여기는 마음이야.

소중하니까 통하는 거야.

사랑의 시작이지.

수용(受容)하는 즐거움

공통점

축복, 은혜, 사랑,
인기, 돈, 명예,
건강, 가족, 친구 등등

관계 속에서 수용해야 할
다양한 요소들
그리고 이들의 공통점
.

.

.

얻는 것도 중요하지만
관리하는 것이 더 중요하다.

나의 나이는 50 중반. 지금 이 글을 읽고 있는 당신은 몇 살인가? 사실 나이를 알고 싶어서 물어본 것은 아니다. 지금 이야기하고 싶은 것은 당신이 몇 살이든, 남자이든 여자이든, 서울에 살든 제주도에 살든, 어디에 있더라도 당신이 보고 자란 환경이 당신을 만들고 당신 주변의 이웃과 친구와 가정이 당신의 가치관을 만들었다는 것을 인정해야 한다는 것이다.

지금 당신이 둘이 됨을 후회하거나, 솔로이거나 돌싱이 되었다면 사랑과 만남에 대한 가치관을 정립할 필요가 있다.

가치관의 형성과 변화는 개인의 삶과 사회에 큰 영향을 미치는 중요한 주제이다. 이 가치관에 갇히게 되면 타인을 인정하는 것이 어려워진다. 스스로 생각할 때 사랑을 잘 못하는 것 같다고 생각이 된다면 다양한 가치를 존중하고 이해하는 훈련을 하는 것도 매우 중요하다.

대한민국 장애인 스탠드 코미디언 1호 한기명 님을 알게 되었다. 그를 알고 나는 그의 팬이 되어 그를 여전히 응원하고 있다. 그가 이렇게 말한다. "장애인 특수학교를 만들어서 왜 보내는지 모르겠

어요. 그럴 거면 군대도 나를 특수부대로 보내줘야지. 군대는 또 안 보내요." 하면서 웃는다.

1995년생의 한기명은 7세 때 교통사고로 장애를 얻었다. 당시 태권도 학원 차에서 내리던 중 차가 그를 보지 못하고 출발해서 사고를 당했다. 이 사고로 한기명은 6개월을 식물인간 상태로 보냈고 이후 지체장애와 뇌병변장애 판정을 받았다.

식물인간에서 깨어난 후 제일 먼저 보게 된 TV 방송이 〈개그콘서트〉였고 그것을 보면서 자신도 남을 웃게 만드는 사람이 되는 꿈을 꿨다고 한다. 그가 무대에 오르면 관객은 갑자기 분위기가 조용해지곤 한다. 장애인이 올라오는데 웃어야 할지, 웃지 말아야 할지 그럴 때 그가 첫 대사를 던진다.

"웃자니 장애인 비하 같고, 안 웃자니 장애인 차별 같죠?"

그때 관객들은 비로소 웃음을 터트린다. 그는 당당하고 말에 힘이 있다.

"코로나19 때 카페에 들어서면 열 체크 기계가 있다. 거기에 이마를 가져다 대면 '삑~, 정상입니다'라고 한다. 나에게 정상이라고 말하는 것은 그 기계밖에 없다."

그에게는 오랜 친구인 '토미'가 있다. 외국친구를 사귀고 싶어서 불편한 팔의 이름을 토미로 이름을 짓고 토미와 대화를 나누고 있다고 한다.

장애를 즐기고 있다고 말하는 코미디언 한기명
그도 분명 좌절하고 삶을 포기하고 싶었을 때가 있었을 것이다.
장애를 어떻게 극복했는지 묻는 질문에 그는 이렇게 대답했다.

"저는 장애를 극복하지 않았습니다. 장애를 수용했습니다."

너는 지금의 관계를 고집하고 있지는 않니?

솔로 생활을 오래 하다 보면 자신의 틀에 갇혀 생각을 하게 되는
경우가 많아. 생각과 관점의 폭이 좁아질 수밖에 없을 거야.
네가 이성에 대한 관심이 없어서? 네가 이성에 대한 거부와 트라
우마가 있어서? 아니다. 그것은 그냥 너의 관점을 포장하는 방법일
뿐이야. 네 생각의 프리즘을 넓게 가져보는 것이 좋을 것 같아.
마치 바다가 여러 생물을 보듬고, 큰 돌이 가루가 되어 백사장이
만들어진 것처럼. 너도 너의 주변에 다양한 관계를 포용해봐.

솔로이기를 고집하지 말고,

그렇다고 솔로임을 부끄러워 하지도 말아.

어느 상황에서든 당당한 너의 모습이 좋아.

솔로애찬은 솔로이기 때문에 부를 수 있는 노래야.

특권은 아니고.

그 노래가 '희망가'가 될 수도 있고

그 노래가 '절망가'가 될 수도 있어.

네가 얼마나 수용을 하는가에 달려 있는 거야.

수용해봐. 유연하게

그러면 사랑하게 될 거야.

원래는 원래 없다

있기 없기

뜻밖에 어려운 일을 당하면
'왜 나에게만 이런 일이…'
'난 원래 안 돼'
하며 원망하고 슬퍼한다.
뜻밖에 좋은 일이 생기면
'왜 나에게만 이런 일이…'
'나는 역시 대단해.'
하며 감사와 감격을 하지 않는다.
불평은 잘하는데
감사는 잘 못한다.
감사하지 않는 당신
불평하기
있기 없기.

오래전 아버지와 길을 가는데 갑자기 아버지께서 넘어지셨다. 나는 깜짝 놀라서 아버지를 잡고 일어서는 것을 도와드렸다. 아버지는 툭툭 옷을 털고 배시시 웃으며 일어나면서 이렇게 이야기를 하셨다.

"괜찮아, 원래 이래. 가끔 이렇게 다리에 힘이 풀리네."

아무렇지도 않다는 식으로 말씀을 하였지만, 내 마음에 걱정은 커지기 시작했다. 몇 개월 후 나는 아버지를 모시고 병원을 다니게 되었다. 그리고 다시 1년 후 아버지는 그렇게 우리 가족의 곁을 떠나셨다.

"괜찮아, 원래 잘 넘어져."

아직도 이 말이 나의 가슴을 아프게 한다. 만약 내가 좀 더 빠르게 아버지를 병원에 모시고 갔다면…

지금 너의 옆에 있는 그 사람에게 감사하고 있니?

네가 지금 하고 있는 일이 잘 풀리지 않아서 '내가 그렇지 뭐. 내가 원래 그렇지'라고 말하고 있지는 않은지 생각해봐. 지금 네가 관계 속에 어려움을 당하고 말 못할 상처로 마음을 아파하면서 '나는 원래 사람 복이 없나 봐. 내 인생은 왜 이러지?' 하고 있니? 지금 네가 사랑하는 연인과 헤어진 후에 '나는 원래 사랑에 인연이 없나 봐.' 이렇게 생각하고 있지는 않아?

원래라는 말은 원래 없어. 원래라는 단어는 너를 약하게 하고 너를 또 실패하게 만드는 신기한 능력이 있어.

"남자들은 원래 그래."
"걘 원래 그래."
"정치인들은 원래 그래."

이 표현은 앞선 표현과 다르게 타인을 향한 부정의 표현이잖아. 관계에 있어서 이런 표현은 결국 너의 환경을 기쁨으로 만들지 못하게 할 거야. 원래라는 표현은 자기방어를 하고자 하는 무의식적인 자기표현이야. 심리학에서는 '투사'(Projection)라고 하는데 개인이 자신의 욕구, 감정, 생각을 다른 사람에게 돌리는 방어기제(Defence Mechanism. 자기를 지키기 위한 무의식의 저항)라고 말하고 있거든.

네가 모든 상황에 있어서 '원래 그렇다'고 생각하면, 잘못된 것을 고치려고 하는 노력이 줄어들게 된다는 말이야. 자신이 나쁜 습관을 가지고 있거나 고쳐야 하는 점이 있는 줄 알면서도 '나는 원래 그래' 또는 '너는 원래 그래'라고 넘어간다면 너는 그 상황을 부드럽게 넘어가는 것 같지만 사실 '개선하려는 의지가 없다'는 자아가 만들어지는 거야.

결국 이런 자아가 쌓이면 관계를 만들지 못하거나, 관계를 무너트리게 되고, 너의 자아는 안 되는 것에 익숙하게 되는 거야. 네가 지금 솔로인 것을 당연하게 받아들이고 사랑을 하고자 하는 노력을 포기하고 있다면, 다시 사랑을 찾기 위해 노력해봐.

부모님은 원래 자식을 위해서 헌신해야 하는 거야.
자녀는 원래 부모에게 무조건 순종하는 거야.
남자는 원래 여자에게 맛있는 것을 사줘야 하는 거야.
여자는 원래 남자에게 대들면 안 되는 거야.

나는 A형이니까 원래 소심해…
그러면서 네가 소심한 것을 정당화하지 마.
나는 O형이니까 원래 욱해…
그러면서 네가 쉽게 화 내는 것을 정당화하지 마.
그러니까 내가 욱해도 이해하도록 해. 대신 빨리 풀리고 뒤끝은 없어. 이런 말도 절대 하지 마.
저 남자는 B형이니까. 아휴~ (사실 혈액형을 이야기하면 원래 고리타분하고 꼰대라고 생각할 수 있다. 원래 요즘은 그렇다.) 그러지 말자.

최근에는 MBTI로 상대를 판단하는 상황이 너무 많아졌어. '너와 나는 I와 F이기 때문에 맞지가 않을 거야.'라고 판단을 하게 만들어. 그것은 사람을 알기 전에 이미 결론과 정의를 내리게 되는 아주 좋지 않은 방식이야.

원래라는 말은 없어.
원래 안 되는 것도 없어.

헬렌 켈러는 삼중고를 겪는 장애인이었어. 보고, 듣고, 말하는 것을 하지 못하는 그녀를 보고 많은 사람들은 말했어.
"너 같은 장애인은 원래 공부를 할 수 없어."
이 말을 듣고 그녀가 좌절하며 '원래 나 같은 사람은 안 되는구나' 하고 포기를 했다면 우리가 알고 있는 그녀는 세상에 존재하지 않았을 것이야. '원래 없어.' '원래 안 돼'라는 말은 결국 너의 발전성을 고갈시키고 말 거야. 그것은 일, 관계, 사랑 등 인간의 모든 상황에 고르게 형성돼.

원래 안 되는 사람은 없어.
원래 사랑을 못 하는 사람도 없겠지?

원래 너는 솔로이고, 원래 네가 돌싱이 되어야 하는 이유는 어디에도 없어. '원래 ○○하다.'라는 말은 너를 나약하게 만들고 너를 포기하게 만들 뿐이고, '원래 ○○하다'라는 말은 상대를 판단하게 하고, 관계를 유연하지 못하게 만들 거야.

기억해.

원래라는 말은 없다.

너도 사랑할 수 있고, 너도 사랑받을 수 있어.

너도 다시 할 수 있고, 너도 이룰 수 있어.

사랑의 이유를 만들지 마

사랑 이유

그대를 사랑합니다.
왜 사랑하냐고 묻지 마세요.
이유가 있어서 사랑하게 된 것이 아니거든요.

사랑 이유로 인하여
내가 당신을 사랑하게 되었다면

사랑 이유가 바람 되어 날릴 때
난 또 다른 사랑의 이유를
당신에게서 찾으려 할 것입니다.

그사이 난 당신의 마음에
집중할 수 없고

그사이 난 당신의 눈빛을
놓치게 될 거예요.

사랑 이유가 있다면
사랑 이유가 없어지는 그때
난 당신에게서 멀어지게 될 거예요.

당신을 사랑합니다.
왜 사랑하냐고 묻지 마세요.
이유가 있어서 사랑하는 것이 아니거든요.

아무것도 해준 것이 없는데, 그저 주는 사람이 있다. 이것을 우리는 "은혜"라고 말한다. 은혜는 선물이다. 아무런 대가나 조건이 없기 때문이다. 사랑 역시 마찬가지다.

서로 뜨겁게 사랑하다가 차갑게 헤어지는 것, 왜 그럴까? 너가 생각했던 여러 가지 조건들이 달라졌기 때문이 아닐까? 많은 사람들이 결혼을 할 때 조건을 보잖아.

옛날 이런 말이 있었어. "의사와 결혼하려면 열쇠 3개는 가져와야 한다." 요즘도 이런 말을 하는지 모르겠지만. 조건은 사랑을 대신할 수 없다. 이것은 진리다.

너는 왜 사랑을 하고 싶은 거야?

네가 생각하는 사랑에 대해서 잘 생각해봐. 네가 누군가를 사랑하게 되었을 때와 사랑이 식어졌을 때 그리고 헤어질 때의 마음이 어떻게 다른지 생각해봐. 사랑에 조건을 만들지 마. 연인들끼리 가끔 서로에게 물어보잖아.

"내가 왜 좋아?"

"나를 왜 사랑해?"

묻지 마. 네가 예뻐서 좋아하는 남자라면 너는 아주 피곤한 사랑을 하게 될 거야. 사랑을 지키는 것도 어려운데 너의 외모까지 지켜야 하잖아. 무슨 말인지 다른 예를 들지 않아도 알겠지?

친구 커플들과 만나면 이런 이야기도 한다고 하더라?

"너희는 방귀 언제 텄어?"

내가 해주고 싶은 말은 가능하면 방귀를 빨리 터. 사랑의 콩깍지가 씌워져 있을 때 방귀를 터야 해. 방귀소리와 냄새까지도 사랑스러울 때 말이지. 사랑의 이유를 억지로 만들기 전에 해야 하는 거야. 알겠지? 사랑에 이유를 만들면 진정한 사랑을 하기는 어려워지는 거야. 조건에 의해 사랑을 했다면 그 조건이 없어졌을 때는 사랑도 없어지게 될 거야.

누군가를 사랑한다면 그 사람만 사랑하도록 해야 해. 그 사람의 조건을 사랑하지 말고, 그 사람 자체를 사랑해야 해. 누군가를 사랑하려면 그 사람을 가장 소중하게 생각하는 것이 중요해. 그 사람의 조건을 보게 되는 순간 더 이상 사랑은 없을 거야.

혹시 지금 사랑하고 싶은 사람이 있어? 그 사람의 어디가 좋은데? 그 사람의 그 조건이 없어도 사랑할 수 있어? 이 질문에 명확하게 답변을 할 수 있을 때. 그때 사랑을 하도록 해.

남녀가 사랑을 할 때,

남편이 아내를, 아내가 남편을 사랑하고 헌신하게 될 때에

아무런 이유 없는 것이 제일 좋아.

그러니까 왜 사랑하냐고 물어보지 마.

너도 궁금해하지 말고. 알겠지?

사랑한다면

사랑의 이유를 만들지 마.

3월의 이별은 오래가지 않는다

3월의 이별

때로는 3월에 이별한다.
조금씩 멀어지는
이름 모를 섬들과
부서지는 바람들이
손을 흔든다

꽃과 잎이 찾아오는
찬란한 만남의 3월이
유독 나에게는 이별이 된다

때로는 3월에 이별한다.

2024년 3월은 유난히 나의 곁을 떠나가는 것들이 많았다. 5년 동안 나를 전국 어느 강연장으로든 안전하게 데려다주었던 나의 자동차. 그리고 낯설었던 제주에서 나를 포근하게 쉴 수 있게 해주었던 서귀포의 집. 그리고 혹시 마지막이 될지도 모를 눈 쌓인 한라산의 백록담이 그렇다. 그것이 사람이든 사물이든 보내야 할 때는 마음이 편치 않다.

지금 당신이 누군가를 떠나보내야 한다면 어쩌면 나와 같은 마음이지 않을까? 당신이 지금 누군가를 떠나야 한다면 그때도 같은 마음일 것이다. 사랑하지만 떠나야 한다면 당신은 떠날 용기가 있는지 지금 시점에서 점검을 해 보아야 할 것이다.

많은 사람들이 떠나고 싶어도 떠나지 못하는 경우가 많다. 물론이유는 다양하다. 그 다양한 이유가 당신을 붙잡고 행복하지 못한결정을 내리게 하고 있는 것이다.

3월의 이별은 오래가지 않는다.
그 이별의 아픔을 보듬어줄 꽃과 풀이 내게 다가올 것이기 때문이다. 떠나는 것이 있다는 것은 다시 오는 것이 있는 것이다.

떠나보낼 때는 당신의 마음에 아련함도 같이 떠나 보내야 한다.
그렇지 않으면 다시 오는 새로움을 반기지 못하게 된다.

너도 마음의 준비는 되었지?

홀홀 보내는 것도 아주 중요한 용기야.
솔로에서 벗어나지 못하고 있는 네가 지금 당장 해야 할 가장
중요한 것은 과거의 사람, 사랑, 일에 대한 과감한 '떠나보냄'이 아

닐까?

3월에 불어오는 마지막 꽃샘추위를 마치 겨울이 다시 온 것이라고 착각하고 스키 플레이트를 가슴에 품고 눈이 쌓일 것을 기대하고 먼 산만 쳐다보고 있다면 너는 눈앞에 피어오르는 파릇한 3월의 싱그러움을 누리지 못하게 될 거야.

3월의 이별은 너가 마음을 어떻게 갖는가에 따라서 아프지 않게 지나갈 수 있을 거야.

너가 만약에 솔로 탈출을 하고 싶다면.
3월의 이별이 있다 할지라도
3월의 싱그러움을 받아들여야 해.

노력해야만 보인다

노력해야 보이는 것

가까이 있어서

매일 볼 수 있을 줄 알았습니다.

가까이 있어서

잘 알고 있을 것이라 생각했습니다.

알려고 노력해야

알 수 있고

보려고 노력해야
비로소 볼 수 있듯이

사랑도
사랑하려고 마음먹으면
사랑할 수 있습니다.

제주에서 생활한 지 1년이 지났다. 그동안 한라산을 5번 올랐고, 자전거로 제주도를 2바퀴 돌았다. 제주에 오면 한라산을 매일 볼 수 있을 것이라 생각했다. 제주에 오면 매일 바다에 나가서 조깅을 할 것이라 생각했다. 착각이었다.

한라산의 정상과 백록담을 따라 흘러 내려오는 능선을 한눈에 모두 볼 수 있는 날은 1년 365일 중에 그리 많지 않다. 구름이 많고, 비가 많기 때문이다. 또는 간혹 보일 때는 내가 바라보지 않았기 때문일 것이다. 또한 한라산을 올라 백록담을 볼 수 있는 것은 하늘이 열려야 한다는 말이 있을 정도로 자주 있는 일도 아니다. 구름에 가려 정상을 올라도 백록담을 볼 수 없을 때가 많기 때문이다.

사람도 마찬가지다. 나의 능력을 인정해 주는 사람을 만나는 것은 복이다. 캄보디아에 봉사를 갔을 때의 일이다.

60이 넘으신 나의 스승님과 90이 넘으신 스승님의 스승님이 함께 동행을 했다. 60이 넘은 나의 스승님이 90이 넘은 스승님을 섬기는 모습이 마음을 따뜻하게 했다. 그리고 90이 넘은 스승님이 60이 넘은 스승님을 존중하는 모습이 더불어 행복을 주었다.

좋은 스승을 만나는 것은 복이다. 그리고 좋은 제자를 만나는 것

은 더 큰 복이라는 것을 깨달았다.

스승이 훌륭하다고 훌륭한 제자가 만들어지는 것은 아니다. 훌륭한 제자가 될 수 있는 제자를 만나는 것도 쉽지 않다. 나는 두 분의 스승님과 함께하는 동안 가슴이 벅참을 느꼈다. 나의 능력을 인정해 주는 리더는 반드시 나를 더 훌륭한 사람으로 만들어 준다.

사랑도 마찬가지다. 사랑은 둘이 함께할 때 그 빛을 더 낼 수 있다. 다이아몬드는 혼자서도 빛이 나지만, 손가락에 얹혀졌을 때, 그 빛에 의미가 더해져 더욱 아름다움을 뽐낸다. 나의 마음을 알아주고, 나의 사랑을 받아줄 수 있는 사람을 만나는 것은 축복이다. 당신에게도 이런 축복이 있기를 소망한다.

너는 사랑을 원한다 하면서
사랑을 찾기 위해 얼마나 노력을 하고 있니?

지금 너의 곁에 있는 사람을 보려고 노력해야 해. 네가 지금까지 솔로 탈출을 하지 못하고 있다면, 그건 너의 잘못 때문일 거야.

'왜 나는 사랑을 못 하지?'라고 말하지 마. '나는 사랑을 할 수 없나?'라고 말하지도 마.

너가 모태솔로인 이유는 너를 알아봐 주는 사람이 없어서일 수도 있지만, 너의 노력이 부족했기 때문일 수도 있어. 너무 공부에만 노력을 하고, 너무 일에만 노력을 한 나머지 너의 옆에 있는 사람을 보는 것에는 노력이 부족하지 않았을까?

창문만 열면 보이는 한라산도 밖을 보지 않으면 볼 수가 없어. 그제는 구름이 많고, 어제는 미세먼지가 많아서 한라산이 안 보였다고 오늘도 보지 않는다면 보는 타이밍을 놓치게 되는 거야. 심지어 고개를 들지 않으면 하늘조차도 볼 수 없어.

하루는 '내 주변에 하트가 얼마나 있을까?' 궁금해서 가는 곳마다 관심을 갖고 이동했더니 길에, 동산에, 산에, 담벼락에, 마당에 수없이 많은 하트를 발견했어.

궁금하면 너도 지금 당장 해봐.

너의 옆에 있는 사람을 봐.
오랜 시간 너의 무관심 속에서도 너의 옆에 있어준 사람.
너의 까칠한 성격을 무던히도 잘 받아주며
옆에 남아 있는 사람.

네가 노력하지 않으면
바로 옆에 있는 사랑도 잡을 수 없어.

짝사랑에 빠진 증상

짝사랑

수줍은 듯 고개 숙인
당신이

부끄러운 듯 붉어진
당신이

설레는 듯 떨리는
당신이

작은 웃음 참고 있는
당신이

멀리서 바라만 봐도

당신이

.

.

.

그냥

좋아요

들판을 수놓은 꽃들 속에도 다른 하나의 꽃을 찾을 수 있듯이 수많은 사람들 속에서도 사랑하는 사람을 찾을 수 있다. 사랑을 하면 그 사람만 보인다. 수많은 사람들 속에서도 내 눈에는 그 사람만 보이는 것은 그 사람을 사랑하기 때문이다.

누구나 짝사랑의 감정을 느껴본 적이 있을 것이다. 짝사랑은 아프다고 하지만 사실 짝사랑은 예쁜 추억이다. 솔로인 당신이 이런 감정을 가지고 있는 사람이 있다면 짝사랑을 하고 있다는 것이다.

자신의 감정을 확인해 보는 시간을 갖으면 좋겠다. '짝사랑을 하면 나오는 41가지 증상'이 있다.

짝사랑 증상 41가지 항목

1. 라디오 같은 데서 그 사람의 컬러링이 나오면 무척 반갑다.

2. 그 사람이 무심코 내뱉은 한마디가 너무 마음을 아프게 한다.

3. 그래서 순간적으로 싫어질 수도 있다.

4. 하지만 또 얘기하다 보면 어느새 좋아하는 자신을 발견할 수 있다.

5. 괜히 한번 튕겨보기도 한다.

6. 카OOO으로 인사 한 번, 대화 한 번 하려고 3시간을 기다린다.

7. 어느 순간 혼자 이별 준비를 한다. 그러나 그 사람은 내게 떠난 적도 머문 적도 없었다.

8. 그 사람을 상상하며 예쁜 사랑 노래를 듣는다. 그러다 점점 우울한 노래로 바뀌게 된다.

9. 다른 사람이 생겼다는 말에 원망도 하지만 고백하지 못했던 것에 후회와 미련도 남는다.

10. 그 사람 한마디 한마디에 감정기복이 심하다.

11. 밤마다 그 사람 생각에 베개를 적시곤 한다.

12. 그 사람의 백문백답을 봤는데 이상형이 나하고 완전 반대면 정말 한숨 나온다.

13. 카OOO으로 먼저 아는 척해주면 기뻐서 미친다.

14. 그 사람에게 온 문자만 빼고 다 지운다.

15. 뭐든지 혼자 한다. 좋아하는 것도 혼자, 기다리는 것도 혼자.

16. 짝사랑 노래는 다 내 노래 같다.

17. 안 좋아한다고 다짐해 놓고 지금 이 순간 보고 싶다.

18. 내가 좋아한다 말하기 전에 먼저 알아줬으면 좋겠고 먼저 말해줬으면 좋겠다.

19. 그가 여자친구(남자친구) 이야기할 때 아무렇지 않은 척한다. 사실 무척 슬프다. 그날은 잠 못 잔다.

20. 혼자 착각한다. 날 좋아하는 것 아닌가?

21. 다른 사람이 생긴 그 사람을 보며, 잊겠다고 다짐하지만 어느 순간 또 생각하고 있다.

22. 잊었다고 생각하고 있었는데도 막상 오랜만에 얼굴을 보면 가슴이 두근거리는 나를 발견한다.

23. 잊고 지냈다고 생각하고 있었는데도 그의 문자 하나라도 보면 괜히 기분이 좋고 눈물이 날 것만 같다.

24. 그 사람이 애인이 생겼다고 하면 축하한다고 오래가라고 해주면서 울고 있는 나를 발견한다.

25. 작은 행동에도 큰 의미를 부여한다. 그냥 보고 웃어도 그날 잠을 못 이룬다.

26. 그 사람 앞에선 아무 표정이 없으면서 등 돌리면 나 혼자 헤벌레 웃는다.

27. 그 사람과 우연히 길에서 마주치게 되면 하루 종일 그 장면만 떠올리고 좋아한다.

28. 재미 삼아 열어본 이 글들을 보며 동감하는 나의 모습을 보게 된다.

29. 술에 취하면 그의 생각이 계속 나서 전화하거나 문자 보내거나 그의 번호를 눌렀다 지웠다 반복한다.

30. 만나면 얼굴조차 마주볼 수가 없다.

31. 나를 속상하게 만드는데도 미워할 수가 없다.

32. 그 사람이 좋아했던 노래들을 들으며 그 사람을 생각하고 눈물 흘린다.

33. 어디를 가나 그 사람 생각밖에 안 난다.

34. 힘들 때면 그 사람과의 행복했던 기억들을 생각하면서 피식 웃는다.

35. SNS에 로그인 했다는 창이 뜨면 설렌다.

36. 그냥 힘들고 아프다.

37. 꿈속에서 그 사람과 만나기를 상상한다.

38. 그 사람 생각에 몇 초 만에 눈물을 흘릴 수도 웃을 수도 있다.

39. 열등감 느낀다. 그래서 증오하게 될 때도 있다.

40. 좋은 글들을 보면 그 사람이 먼저 생각난다.

41. 이 책을 읽으면 그 사람 생각이 난다.

자, 어떤 것 같아? 얼마나 해당되는 거 같니?

이 짝사랑 증상 41가지에는 짝사랑을 한 번쯤 해본 이들이라면 누구나 겪을 법한 증상들일 거야. 네가 1번부터 41번까지 중 50% 이상을 공감하고 있다면 너도 누군가를 짝사랑해본 경험이 있거나 지금 짝사랑에 빠진 것이 분명해.

위의 내용이 지금 너와는 상관이 없는 이야기라고? 그래도 읽으면서 고개를 끄덕이거나 웃음을 지었다면 너도 예전에 짝사랑의 경험을 해봤다는 거야. 그리고 지금 웃을 수 있는 이유는 예쁜 추억으로 남겨졌기 때문이야.

지금은 네가 솔로지만 이 감정의 작은 설렘을 간직하고 있다면 다시 사랑할 수 있는 증거야.

바쁘고 힘든 생활에서
잠시 잠깐이라도 추억을 떠올리며 웃을 수 있다는 것은
아직도 너는 사랑하고 있고,
또 앞으로 사랑할 수 있는 존재라는 것을 확인해주는 거야.

다시 사랑하자.

양손 양발 같은 친한 사이

사이

평생을 떨어지지 않는
친한 사이가 있습니다.

서로 같은 짐을 지고
항상 같은 길에 서 있는 사이

자칫 한 녀석이 아프기라도 하면
아픈 녀석을 위해 모든 짐을 대신 집니다.

항상 같은 곳을 바라보고
항상 같은 꿈을 꾸는 친한 사이입니다.

각자의 소리를 내지도 않고
때론 서로 쓰다듬어 격려도 합니다.

누가 봐도 둘은 정말 친한 사이입니다.
이 두 녀석을 소개해드릴게요.

바로 나의 왼발과 오른발입니다.
당신과도 이러고 싶습니다.

바쁘게 살다 보면 소중함을 모르고 지나쳐버리는 일들이 너무나 많이 있다. 생각해보면 아주 가까이 있는 존재임에도 불구하고 미처 발견하지 못하고 지나쳐버린다.

열심히 컴퓨터 자판을 치다가 쉼 없이 바쁘게 움직이고 있는 손을 보았다. 열 개의 손가락이 각자 자기의 일들을 해가며 열심히 움직이고 있다. 열 개의 손가락 중에 한 손가락이라도 커다란 붕대를 싸매고 있다면 그 손가락의 일을 대신하기 위해 다른 손가락이 자기의 위치가 아닌 다른 곳의 자판까지 두드리고 더욱 바쁘게 움직이지 않을까?

이 손가락들은 내가 무어라 특별히 지시하지 않아도 알아서 잘 움직여주며 나의 생각을 무엇보다 정확하게 그리고 빠르게 써 내려가주고 있다. 나의 왼손과 오른손은 말하지 않아도 아는 아주 찰떡같은 사이다.

그뿐 아니다. 하루 종일 서서 강의하고 책상에 앉아 일을 할 때면, 서서히 발바닥이 뜨겁게 달아오르기 시작하고, 종아리 근육이 긴장하기 시작한다. 그때 가장 먼저 한쪽 발을 찾아가 종아리를 톡톡 두드려 주는 것이 있는데 바로 나의 다른 한쪽 발이다.

오래전 성탄절을 앞둔 전날이었다. 성탄절 뮤지컬을 준비하며 최종 리허설을 하기 위해 급히 집을 나왔다. 동네 좁은 골목에서 차들이 밀려 꼼짝 하지 않고 있었다. 한참을 기다려도 차가 움직이지 않아서 나가 보았더니 차들이 서로 얼굴을 맞대고 꼼짝도 하지 않고 있었던 것이었다.

마치 맹수들이 으르렁거리면서 서로를 견제하고 있는 것처럼 두 운전자는 골목에 차들이 밀리든 말든 아랑곳하지 않고, 버티기에 들어갔던 것이었다. 이윽고 오지랖이 넓은 내가 내려서 교통정리를 했다.

뒤를 봐주고 빼 주고 하는데 후진을 하던 차의 앞바퀴가 갑자기 나의 발등을 밟아버린 것이다. 순간적으로 나는 소리를 쳤고, 발이 바퀴에 눌려진 채 뒤로 넘어졌다. 놀란 운전자는 차를 그대로 빼면 되는데 내 발 위에 차를 올려놓고 멈춰 서버렸다. 나는 차를 빼라고 소리를 쳤다.

그런데 그 운전자가 발 위에 바퀴가 올려진 채 핸들을 돌리는 바람에 바퀴가 내 발등을 짓이기는 상황이 되어버렸다. "으윽" 나는 비명을 내뱉었고, 놀란 운전자는 이러지도 저러지도 못하고 그대로 있다가 몇 분이 지난 후 내 발에서 내려왔다. 내가 가장 좋아하는 구두는 코가 눌려졌고, 다행히 구두가 내 발을 지켜 줘서 뼈에는 이상이 없던 것 같았다.

나를 기다리는 뮤지컬 팀원들이 있어서 운전자의 전화번호만 받고 바로 모임장소로 향했다. 그리고 다음 날 두 시간이 넘는 공연을 마치고 그다음 날부터 시작된 세미나의 스태프로 참여를 해야 했기 때문에 다친 발이 일주일 동안 혹사를 당했다.

일주일이 지나 발에 통증이 와서 병원을 갔는데, 밟힌 오른쪽 발을 지키기 위해서 왼발에 힘을 너무 가해서 왼발에도 무리가 생겼다는 의사의 말을 들었다. 그때 비로소 알게 되었다. 오른발이 다쳤을 때, 왼발이 오른발 대신 두 배의 힘을 바치고 있다는 것을 알게 되었다. 그래서 결국 왼발에도 무리가 오고야 말았다.

너는 친한 사이가 있어?

네가 왜 솔로일까?
너는 솔로가 아니야?
지금 네가 혼자라고 생각하고 있고,
평생 혼자일 것 같다고 생각하고 있어?
아니면 옆에 누군가 있어도 없는 것 같아?

네가 힘들고 지쳐서 앉아 있을 때,
너의 어깨를 두드려주는 사람이 있을 거야.

물론 동성이 될 수도 있고, 이성이 될 수도 있겠지.

그 사람의 마음을 잃어버리지 말고, 잊어서도 안 돼.

아무도 없다고 생각하지 마.

그 사람은 말없이 너를 옆에서 지켜주는 진짜 친구일 거야.

너를 가장 잘 이해하여 주고,

너를 가장 잘 위로할 수 있는 사람

네가 생각하지 못한 아주 가까운 곳에 있어.

마치 매일 마주보고 있는 너의 왼발과 오른발처럼.

너는 무슨 색의 안경을 쓰고 있니?

나를 돌아보라

사람을 사랑하는데
그가 나를 사랑하지 않거든
나의 사랑에 부족함이 없는가를 살펴보라.

믿음이 있는데
바라는 실상을 보지 못하면
나의 믿음에 행함이 있는지를 살펴보라.

행함이 있는데
믿음의 증거를 찾지 못하면
나의 행함에 사랑이 있는지를 살펴보라.

무슨 일이든지
나를 먼저 살펴보라.

우리는 인생이라는 커다란 땅을 걸어가고 있다. 그 안에는 수없이 많은 사람들이 들어와 있고, 이것은 내가 원하든 원하지 않든 나의 선택사항이 아니다. 그중에는 나를 좋아하는 사람도 있고, 나를 미워하는 사람도 있고, 나를 만나고 싶어 하는 사람도 있고 나를 피하려 하는 사람도 있다.

이것 역시 나의 선택사항이 아니다. 내가 선택할 수 있다고 생각하는 순간 모든 관계는 끝이 나게 된다. 사랑에 있어서 여전히 초보인 솔로들은 이 관계의 정립을 인정하고 그 안에 있는 나를 보는 연습을 해야 한다.

그렇다면 당신을 좋아하는 사람과 당신을 미워하는 사람은 누구이며, 그 기준은 무엇일까? 다른 사람이 당신의 가치를 판단해 줄 수 있을까? 절대 그럴 수 없다. 가치 판단의 기준을 타인에게 맡기는 순간 당신은 더 큰 절망에 빠지게 된다.

당신의 가치는 당신 스스로가 만들어가야 하는 것이다.
다른 사람들이 나를 어떻게 생각한다고 기준을 정해 놓은 것은 사실 타인이 만든 것이 아니라 당신 스스로가 만들어 놓은 것일 확률이 높다. 당신 스스로 자신의 가치를 먼저 만들어 놓고, 다른 사람이 그렇게 본다고 생각하는 것이다.

마치 빨강 안경을 쓰고 세상을 보면 세상이 온통 빨갛게 보이고, 파랑 안경을 쓰고 세상을 보면 세상이 온통 파랗게 보이는 것과 같다. 어느 인디 밴드가 부른 재미있는 노래가 있어 소개한다.

빨강 안경을 쓴 사람과 파랑 안경을 쓴 사람이 봄날

길거리에서 싸움을 하고 있네요.

옆에 가서 그들이 왜 싸우는지를 들어보았어요.

빨강 안경을 쓰고 있는 사람은

길에 핀 개나리가 빨간색이라고 우기고

파랑 안경을 쓴 사람은 개나리가 파란색이라고 우기면서

서로 싸우고 있네요.

아 이 사람들아

개나리는 누가 봐도 노란색이지요.

너는 무슨 색의 안경을 쓰고 세상을 살아가고 있니?

왜 저 사람은 나를 사랑해주지 않지?

이런 생각을 하게 될 때는 내가 그 사람을 얼마나 사랑하고 있는

지 스스로에게 먼저 물어보는 것이 순서라는 것을 기억해. 혹시 네가 주고 있는 사랑이 그의 방법이 아닌 너의 방법으로 그에게 주고 있는 것은 아닌지 생각해봐야 해.

초식 동물인 코끼리에게 덩치가 아무리 크다고 해서 살코기를 먹일 수 없잖아. 그런데, 네가 코끼리를 사랑한 나머지 생닭고기를 코끼리에게 먹인다면 어떤 결과가 나올까? 네가 표현하고 있는 사랑의 방법이 그에게는 맞지 않을 수도 있어.

전에는 왜 그렇게 작은 일로 쉽게 상처를 입고, 실망하고, 낙심하고, 슬퍼했는지… 지금 생각해보면 아무것도 아닌데 말이야. 오히려 작은 미소를 만들어 주는 추억이 되었잖아. 나 역시 마찬가지였어. 마음속에 작은 여유조차도 허락되지 않았을 때가 있었거든. 아무도 없는 타지에서 나 홀로 있다는 생각에 그 여유는 더욱 허락되지 않았고, 내가 스스로 쌓아올린 성벽에 내가 갇히게 되고, 당연히 밖을 볼 수 없으니 나를 온전히 볼 수도 없었던 거지.

어쩌면 네가 만나는 수없이 많은 사람들이 이렇게 작은 쉼의 공간도 없이 하루하루를 여유 없이 살아가고 있을 거야. 그런 사람들과 이야기를 하게 되면 너까지 숨이 막혀 답답함을 느끼게 될 때가 간혹 있을 거야. 다른 사람이 너를 볼 때 이와 같이 답답함을 느끼고 있다면 어떻게 해야 할까?

누군가를 사랑해본 적 있어?

지금 누군가를 사랑하고 있어?

미래를 향한 꿈을 계획해 본 적 있어?

지금 미래를 향한 꿈을 계획하고 있어?

내가 만들어 놓은 그 감정에 사로잡혀서 수없이 많은 사람을 판단하고, 스스로 아파하지 말고 남을 먼저 보기 전에 너를 바라볼 수 있도록 해봐.

진정으로 그를 소중하게 생각한다면 너의 모습을 먼저 점검하도록 해.

이제 나누어줄 사랑을 준비했지?

이제 사랑을 받을 준비가 되어 있지?

마지막으로 조용히 거울을 보고 확인해봐.

지금 네가 쓰고 있는 안경은 어떤 색의 안경이야?

더 감사하는 마음으로

그거 아세요?

밥 짓는 소리, 세탁기 돌아가는 소리, 시끄러운 청소기의 소리
당신이 지겨워하는 그 일상이
어떤 이에게는 간절한 소원일 수도 있습니다.

화장이 진해서 싫고, 화장을 안 해서 싫고, 없어서 싫고,
너무 많아서 싫고 당신이 떠나려 하는 그 사람이
어떤 이에게는 생명과도 바꿀 수 있는 사랑일 수도 있습니다.

흰머리가 많아서 싫고, 허리가 굽어서 싫고,
시골에 살아서 싫고, 당신이 부끄러워하는 부모님이
어떤 이에게는 평생을 그리워하는 분일 수도 있습니다.

답답해서 죽겠고, 외로워서 죽겠고, 차가 막혀서 죽겠고,

짜증나서 죽겠고, 당신이 죽고 싶다고

습관처럼 말하는 오늘이,

어떤 이에게는 살지 못해 죽어야 하는 '오늘'일 수도 있습니다.

그거 아세요?

당신은 이미

충분히 행복한 삶을 살고 있다는 것을 말입니다.

남들 기준에 맞추어 살다가 온몸에 멍이 들지는 않았는지. 남들은 잘하는 거 같고, 나는 못 하는 거 같고, 남들은 많은 것 같고, 나는 없는 거 같은 생각에 마음에 병이 들지는 않았는지….

이제 나와 친해지는 방법으로 세상을 살아보는 건 어떨까.

이런 감사, 한번 같이해볼까?

더 감사하는 마음으로 살자. 네가 지겨워하는 그 일상이 어떤 이에게는 간절한 소원일 수 있어. 어떤 사람은 남편을 위해 밥을 하는 것도 귀찮다고 하고, 어떤 사람은 가족을 위해 돈을 버는 것도 귀찮다고 하더라고.

그런데 생각해봐. 어떤 여인은 남편과 아이를 위해 밥을 짓는 게 소원일 수 있고, 어떤 남성은 누군가를 위해서 돈을 벌 수 있는 직장이 있기를 소원하고 있거든.

더 감사하는 마음으로 사랑하자.

네가 떠나려 하는 그 사람이 어떤 이에게는 생명과도 바꿀 수 있는 사랑일 수 있어. 처음에는 사랑하는 감정이 너무 컸지만 지금은 헤어진 상태라고? 처음에는 사랑하는 감정이 너무 커서 결혼을 했지만, 지금은 헤어져 혼자 남은 상태라고?

그래도 좌절하거나 포기하지 마. 비록 지금은 혼자 있지만, 너 역시 누군가의 사랑을 받고, 누군가가 그토록 함께하고 싶었던 사람이라는 것을 잊지 말라고. 더 사랑할 수 있는 내일을 위해서 감사하는 마음을 키우도록 해봐.

더 감사하는 마음으로 섬기자.

네가 부끄러워하는 아빠와 엄마가 어떤 이에게는 평생 그리워도 볼 수 없는 부모님일 수 있다는 것 알고 있니? '우리 엄마는 왜 이래? 우리 아빠는 왜 이래?' 하면서 투덜거리고 있니?

지금 나는 아빠가 살아계셔서 야단도 치고, 훈계도 했으면 좋겠다고 생각하면서 눈물을 흘릴 때도 많아. '우리 아이는 왜 옆집 철수처럼 저렇게 못하지?' 하면서 자녀에 대한 불만을 가득 품고 있어?

자녀를 키울 능력이 없어서 결혼도 안 하고, 결혼을 해도 아이를 낳지 않으려는 이들이 너무 많다는 것 너도 알고 있잖아. 그 한 명의 자녀도 생기지 않아서 눈물로 기도하는 이들이 생각보다 주위에 많다는 것을 잊지 마. 더 감사하는 마음으로 가족과 함께 행복한 시간을 보내도록 하자.

Thanks!

더 감사하는 마음으로 하루를 살아가자.

네가 죽지 못해 사는 그 시간이 어떤 이에게는 살지 못해 죽어야 하는 시간일 수 있어. '오늘은 어제 죽은 이가 그토록 보고 싶었던 내일이다.'라는 말이 있잖아. **오늘을 헛되이 보내지 말자.**

너는 이미 충분히 행복한 인생을 살고 있다는 것을 잊지 마.

지금 이 자리, 이 순간

네가 오늘 그곳에 있는 것도 기적이야.

마음도 근육을 키워야 한다

그거 아세요?

죽을 것 같이 힘든데
죽을힘을 다해 살고 있나요.

누군가의 버팀목이 되고
누군가의 미래가 되고 있나요.

죽을 것 같지만
꼭 살고 싶은 당신.

당신도 행복할 수 있어요.

커다란 거울 앞에서 살짝 부풀어진 이두근을 보며 만족스럽게 셀카를 찍어서 자신의 건강미를 SNS에 올려보았을 것이다. 전문 트레이너에게 비싼 비용을 지불하며 트레이닝을 받기도 한다. 최근에는 명상과 요가를 통해서 자신의 몸을 유연하게 하며 속근육을 단련하는 사람도 많아졌다.

배가 아프면 내과에 가고, 눈이 아프면 안과를 찾아간다. 얼굴에 작은 잡티라도 생기면 피부과를 달려가서 치료하고 시술을 받는다.

그런데 정작 마음이 아프면 당신은 무엇을 하는가?

상처가 나면 밴드를 붙이고 약을 바르는데, 마음에 상처가 나면 당신은 어떤 처방을 받고 있는가?

세상을 살아가는 데 있어서 가장 중요한 것 중 하나는 당신의 멘탈을 잡아줄 마음의 근육을 만드는 것이다. 마음의 근육을 만들면 몸이 아파도, 일상에 문제가 생겨도 쓰러지지 않는다. 사소한 말에 상처받고, 사소한 일에 절망하고, 트라우마에 사로잡혀 사는 이유는 마음에 근육이 없기 때문이다.

근육강화 운동을 통해 디스크와 관절 질병을 예방하고, 건강한 생활을 할 수 있는 것처럼, 마음의 근육을 강화하면 사소한 말과 일들로 인해서 절망하지 않는다. 스트레스를 이기는 방법이다.

어릴 때 부모님은 이런 말씀을 자주 하셨다.

"공부해라. 책을 많이 읽어라. 돈은 사기를 당할 수 있고, 몸은 병들 수 있지만, 너의 머리에 있는 지식과 지혜는 사기를 당하지도 않고, 누가 빼앗아 갈 수도 없고, 몸이 아프다고 없어지는 것도 아니다."

헬스장에서 몸의 근육은 만들 수 있어도 마음의 근육은 만들 수 없다.

마음의 근육을 만들면 몸이 아파도, 일상에 문제가 생겨도 쓰러지지 않는다. 사소한 말에 상처받고, 사소한 일에 절망하고, 트라우마에 사로잡혀 사는 이유는 멘탈이 무너지기 때문이다.

만약 네가 솔로에서 탈출하고 싶다면
마음 근육을 만들어야 해.

외로움은 결국 너의 마음을 약하게 할 거야. '유리 멘탈'이라고 들어봤지? 오랜만에 미팅이 성사되어 나갔다가 실망을 하고 돌아오면 몇일 동안 멘탈이 나가더라고

목이 아파 병원 가고, 눈이 아프고, 머리가 아파서 병원을 가도 의사들이 하는 마지막 말은 항상 똑같아.

"스트레스 받지 마세요."

모든 병의 근원이 되는 스트레스를 이겨야 한다. 그것은 단지 스트레스를 이기는 것을 끝나는 것이 아니고 너의 자존감을 높이고, 사랑의 에너지를 끌어올려 줄 것이야.

마음 근육을 강화하면, 너에게 여유가 생기고, 범사가 잘되어서 이성을 바라보는 관점이 바뀌게 되는 거야. 앞장에서 이야기했던 모든 이야기들과 뒤에서 이야기하게 될 모든 이야기들을 실수 없이 성공시키는 가장 기초적인 것이 마음 근육을 만드는 거야.

마음 근육은 마치 자동차의 엔진과 같은 역할을 해주어서 장거리를 달려도 지치지 않게 만들어 줄 거야.

만리장성에 올라가면 수많은 이름들이 적혀져 있어. 달에서도 보

인다는 만리장성에 새겨진 이름은 각자에게 새로운 의미를 부여해
줄 거야. 마음 근육은 너의 눈에 보이지 않지만 너의 정신세계를 단
단하게 해주는 중요한 의미를 가지고 있어.

너는 마음 근육이 잘 만들어진 것 같아?
진료는 의사에게 약은 약사에게,
몸 근육은 헬스 트레이너에게,
마음 근육은 소통 트레이너에게 .

마음 근육은 솔로 탈출을 위한 최고의 선택지가 될 거야.

돌싱들의
변주곡

요즘 주목받고 있는 각종 오디션과 경연 프로그램을 보면 '내가 알고 있던 그 노래 맞나?' 싶을 정도로 놀라운 편곡으로 공연하는 경우가 있다. 아무리 명곡이라도 아무런 변화 없이 그 상태 그대로 반복되기만 한다면 단조롭고 지루하기 쉽다. 하지만 그 선율에 새로운 리듬과 장식음을 더해 '변주'를 하므로 본래의 선율에 잠재된 개성과 매력을 더욱 화려하게 꽃을 피우게 하는 것이 변주곡의 매력이다.

돌싱들의 변주곡에는 이혼(사별)이 절망이 아니라, 당신의 인생을 더욱 빛나고 아름답게 만들어줄 용기 있는 '기대'이며 '소망'이 담겨 있다. 이제 분위기를 바꿔보자.

2

이제 분위기를
바꿔보자

다시 시작하는 돌싱들의 노래

봄이 오면

봄이 오면
죽은 듯 시꺼멓던 대지에서
생명들이 일어난다.

봄이 오면
죽은 듯 굳게 닫힌
돌문이 길을 만든다

죽은 것 같지만 생명 있는
죽을 것 같지만 역동하는
봄이 오면

힘들어 죽을 것 같던 너도

살아날 희망을 보게 될 거야

봄이 오면

세계적으로 유명한 지휘자 중 한 명인 구스타보 두다멜(당시 LA필하모닉 지휘자)이 내가 총감독으로 있었던 '꿈의 오케스트라 전국 캠프'에 초대되어 왔다. 아이들을 진심으로 사랑해주는 그의 미소와 친절하게 아이들을 가르치는 모습은 그의 품격을 나타내 주기에 충분했다.

나는 오케스트라 지휘자가 좋다. 마치 스페인 투우사의 몸짓과 탱고의 열정적인 춤사위 같은 모습은 존경을 넘어 경이롭기까지 하다. 연주를 하지는 못하지만 오케스트라의 연주를 많이 좋아한다. 그리고 노래는 잘 못하지만 노래 부르는 것을 좋아한다.

첫 음절만 들어도 "와~" 하는 경우가 있다. 첫 전주만 들어도 온몸에 소름이 돋는 음악이 있다. 숨을 죽이고 첫 음을 기다리는 순간부터 이미 연주의 시작이 된다. 〈나는 솔로〉를 비롯한 연인 매칭 프로그램을 보면 첫인상 선택이 향후 둘의 관계를 발전시키는 데 큰 영향을 주는 것을 알 수 있다.

첫인상이 좋았을 때, 호감도가 크게 상승하게 된다.

〈바램 감성소통연구소〉 제주 센터를 오픈하면서 어느덧 1년의 시

간이 지났다. 이층 방에서 창밖을 보면 멀리 한라산 정상의 봉우리가 보인다. 아침 새소리에 눈을 뜨고 커다란 창밖으로 높은 하늘도 보이고, 때론 비 내리는 아침과 안개가 깔린 새벽을 침대에 누워서 맞이하게 된다. 방안의 커다란 창으로 바라보이는 아침 풍경은 나에게 하루를 여는 설렘이고 살짝 열린 창문 틈으로 불어오는 바람과 불규칙적인 새소리는 새로운 변주곡이 된다. 그 소리를 통해 나는 새로운 하늘을 맞이한다.

뉴질랜드에서 형과 있었던 일이다. 형을 초청했는데 비자 문제로 형만 먼저 오고 형의 가족들은 3개월 후에 들어오는 일정이었다. 형은 3개월 동안 많이 불안해하고, 힘들어 했었다. 그도 그럴 것이 아직 마땅한 직업도 비자도 불투명한 상태였기 때문이다.

3개월 후 가족들이 모두 들어왔고, 함께 축하 파티를 하고 밖에 나와서 저녁 하늘을 함께 보며 형은 나에게 이렇게 말했다.

"민관아 오늘따라 뉴질랜드의 하늘에 별이 참 많은 것 같다."

"형, 뉴질랜드의 하늘에 별은 항상 많았어. 형이 오늘에야 저 별을 볼 수 있는 여유가 생겼나 보다."

관심이 없으면 아무리 좋은 것을 주어도 기쁘지 않다. 관심이 없으면 아무리 맛있는 상을 차려 놓아도 맛있게 먹지 않는다.

형은 가족이 온 후 표정이 완전히 바뀌었다. 이제 가족이라는 구성원은 형에게 새로운 변주를 이루어준 것이었다.

돌싱 :
다시 설렘을 발견하고, 다시 간직하는 것

가까이에 있는 소중한 사람을 찾고, 설렘을 간직해 보자. 다시 설렘을 느껴보자. 가까이 있는 사람일수록 관심을 가지고 행동해야 한다. 나의 무관심으로 상처받은 상대와 상대의 무관심으로 상처받은 나의 관계가 쌓이고 쌓여 돌싱이 되었다면 다시 설렘을 줄 상대에게 관심을 가져보자.

주변의 환경에도 관심을 가져보고, 흐르는 시간과 바람 소리에도 관심을 갖는 습관을 들여보자. 그동안 보이지 않았던 것들이 보이기 시작하고, 매일 아침 새로운 변주곡으로 아침을 맞이하는 것처럼, 이제 돌싱의 찬란한 아침을 맞이하게 될 것이다.

다시 설렘을 기대하자.

다시 사랑을 발견하게 될 것이다.

다시 사랑에 관심을 지속하도록 해보자.

돌싱은

새로운 멜로디를 연주해가는 새로운 악장이다.

당신은 여전히 꽃이다

여전히 꽃

꽃잎이 떨어져도
꽃잎이 찢어져도
꽃잎이 메말라도
꽃대가 꺾이고
꽃이 시들어도

꽃은
여전히 꽃이다.

교사와 학부모, 그리고 자녀들이 함께하는 강연장에서 있었던 일이다. 나는 주머니에서 만 원 지폐 한 장을 꺼내서 사람들에게 보여주었다. 그리고 이렇게 말하였다.

"이것을 가지고 싶은 분은 손들어 보십시오."

많은 사람들이 손을 들었다. 그 후 돈을 마구 구긴 후에 다시 물어보았다.

"구겨진 만 원을 가지고 싶으신 분은 손들어 보십시오."

역시 많은 사람들이 손을 들었다. 나는 다시 구겨진 만 원권 지폐를 발로 밟고 주운 후 다시 말했다.

"여러분 만 원이 이렇게 되어버렸습니다. 그래도 가지고 싶은 분 손 들어보세요."

손을 드는 사람의 숫자는 현저하게 줄었지만 여전히 손을 들었다. 마지막으로 그 만 원권에 침을 뱉은 흉내를 낸 후 질문을 했다.

"제가 침을 뱉었는데 그래도 가질 사람 있나요?"

아무도 손을 들지 않고, 어린 한 여학생이 손을 들며 크게 소리쳤다.

"저요. 제가 가질래요."

결국 그 만 원권은 끝까지 만원의 가치를 인정해주는 초등학생

소녀에게 전달되었다.

그렇다. 만 원 지폐가 아무리 구겨지고 밟혀져도 만 원의 소중한 가치를 잃어버리지는 않는다. 설령 찢겨졌다 할지라도 말이다.

돌싱이라면 한 번쯤은 이렇게 생각을 해본 적이 있을 것이다.

'다른 사람들은 결혼해서 잘 살고 있는데, 나는 왜 이렇게 결혼에 실패를 했지?'

'왜 나에게는 이런 아픔이 와서 아내를 또는 남편을 먼저 하늘나라에 보내게 되었지?'

이혼으로 돌싱이 된 사람이나 사별로 돌싱이 된 사람 모두 자신감을 잃어버리고 연약함으로 스스로를 자학하는 경우가 많다. 스스로 자신의 가치를 잃어버리고 세상을 벗어나 혼자만의 세상을 만들게 된다.

만 원권은 찢어져도 만 원이고, 만 원에 오물이 있어도 만 원의 가치는 변하지 않는다.

꽃이 활짝 피어야 꽃이라고 부르는가? 꽃은 꽃잎이 떨어져도 꽃이고, 꽃잎이 찢어져도 꽃이고, 꽃이 시들어도 꽃은 여전히 꽃이다.

당신도 마찬가지다.

돌싱 :
자신의 가치를 인정하고 다시 용기를 내는 것

결혼생활이 많이 힘들었고, 힘든 이혼의 과정을 지나기도 하고, 사랑하는 배우자를 먼저 하늘나라로 보내야 하는 힘든 시간을 보낸 후 지치고 외로움의 터널 속에 당신이 있다 하여도 당신은 여전히 꽃이라는 것을 잊지 말자.

돌싱이 되었다고 해서 다른 인생을 사는 것이 아니다.
여전히 당신은 하나의 인생 속에 살고 있다.
변주를 통해 당신의 삶에 더욱 완성도를 높이는 과정이다.

당신이 영혼까지 지쳐 있다고 해도,
여전히 당신은 당신 인생의 주인공이다.
세상에서 가장 가치 있는 자신을 위한 변주곡을 연주하자.

당신은 여전히 꽃이다.

돌싱(Doll's sing), '인형의 노래'

인형들의 변주곡

인형들이 노래를 한다.
인형들이 춤을 춘다.
인형들이 말을 한다.

새로운 인형이 왔다.
어디에 놓을까?
어디를 보게 할까?
다른 인형들이
같은 나로 인해
움직인다.

백화점의 인테리어 매장에 많은 토끼 인형들이 놓여 있다. 다른 디자인의 인형들 그리고 각기 다른 컬러의 같은 인형들. 몇 달에 걸쳐 그 인형들이 전부 침대 위를 장식하게 되었다. 자고 일어나면 흐트러진 인형들을 다시 예쁘게 정리를 하고 가끔 먼지도 털어주고 일광욕도 시켜준다.

그리고 여행을 갈 때면 어느 날은 그린 토끼, 또 어떤 날은 핑크 토끼가 여행의 동반자가 되기도 한다. 운 좋게도 강아지 인형은 두

세 곳의 여행지에 함께 동행을 했으니 혹은 누군가보다도 더 많은 나라를 여행한 인형이라는 영애를 안게 될지도 모르겠다.

어느 날 여행지에서 꼬마 아이가 나의 인형과 똑같은 토끼 인형을 가지고 우두커니 서로 눈이 마주쳤다. 베이지 컬러의 토끼 인형이었는데 '이 토끼가 그 꼬마아이의 애착 인형이겠구나' 생각하며 나는 반기운 마음으로 그 인형과 아이를 번갈아 쳐다보았다.

잠시 동안 그 아이와 시선을 마주치기도 하고 서로의 인형을 보여주기도 했는데, 아이는 그 인형의 팔을 간신히 잡고 획획 돌리고 땅에 질질 끌며 신나 하곤 하였다. 베이지색의 인형은 이미 자신의 색을 잃었고, 원래 색이 어떤 것이었는지 모를 정도로 많이 더러워져 있었다.

분명 내가 가지고 있는 토끼 인형과 같은 인형, 같은 컬러인데 마치 다른 인형처럼 보였다. 제법 비싼 인형임에도 그 아이의 손에 있는 토끼 인형은 중고시장에 내놓아도 판매되지 않을 정도로 이미 낡아져 있었다.

문득 〈토이 스토리〉의 한 장면이 떠올랐다. 주인공 우디(카우보이 인형)는 6살 남자아이 앤디의 애착 인형이다. 그러던 어느 날 날개를 접었다 폈다 하며 레이저를 발사하는 음성 장착 최신형 로봇인 '버

즈'가 들어오고 둘은 주인 우디의 사랑을 받기 위한 재미있는 라이벌 다툼이 일어나기도 한다.

  우디와 버즈는 앤디의 애착 인형이며 어디를 가든 우디와 버즈를 데리고 다녔다. 물론 나처럼 둘 중 하나를 선택해야 하는 기로에 서기도 하였지만, 학교에서 돌아오면 가방을 던지고 가장 먼저 찾았던 이름이 바로 '우디'와 '버즈'였으니, 우디와 버즈는 행복한 나날을 지내고 있었다.

주인 앤디의 사랑을 받으며 행복하게 지내던 우디와 버즈는 어느 날 뜻하지 않게 인형들과 장난감을 괴롭히기로 악명이 높은 '시드'의 손아귀에 들어가게 된다. 그 후 우디와 버즈는 시드의 손아귀에서 벗어나기 위해 힘을 합쳐 라이벌이 아닌 둘도 없는 친구가 된다.

시드의 장난감 방에 들어간 둘은 깜짝 놀란다. 어떤 인형은 눈이 튀어나오고, 어떤 인형은 발과 팔이 잘려 있고, 팔이 눈에 붙어 있기도 하고, 눈이 다리에 붙어 있기도 했다. 악명높은 시드가 장난감들을 엉망으로 만들어놓은 것이다. 우디와 버즈는 시드에 의해서 망가지고 부서진 다른 장난감들을 이끌고 필사의 탈출을 하여 결국 우디의 집으로 돌아가고 다시 행복한 생활을 하게 된다.

돌싱 :
자아를 찾아가기 위해 다시 용기 내는 것

누군가에게는 사랑받는 딸이고, 아들이며, 형제이고 자매였던 당신. 결혼 생활을 통해서 당신이 가지고 있었던 고귀하고 아름다운 소중한 것들이 빛을 발하지 못하였을 것이다. 알아주기는커녕 오히려 시드의 장난감처럼 망가지고 찢겨지고 내 인격과 나의 아름다움과 고결함조차 어디론가 사라져 버렸음을 느꼈을 것임이 분명하다.

바로 그때 당신은 그곳에서 벗어나려고 결단을 내렸을 것이다.

당신은 필사의 탈출을 시도한 것이다.

더 나은 행복을 찾기 위해서가 아니라 **온전한 자신을 찾기 위해서의 탈출**이다. 욕심이 컸던 것도 아니고, 누군가를 미워한 것도 아니다.

당신 스스로의 자아를 다시 찾기 위함이다.

때로는 죽고 싶었을 것이고, 지치고, 힘들었을 그 시기를 박차고 용기 있게 탈출한 것이다. 물론 모든 결혼이 다 탈출을 시도해야 하는 것은 아니다. 모든 인형이 전부 망가지고 더럽혀진 것은 아니듯이 말이다.

좋은 주인을 만나서 깨끗하게 관리되고 있는 인형들처럼. 다른 이들이 엄두도 못 내고 한숨을 쉬고 있는 그때에 용기를 내어 돌싱을 선택한 당신의 용기를 보상받을 수 있는 좋은 시간을 가질 수 있도록 하자.

좋은 사람, 좋은 시간, 좋은 장소들을 접할 수 있게 하자.
나오자~ 그늘에서
노래하자 아름다운 인형의 노래를~
돌싱~ 이제 Doll's sing~

모래시계를 돌리자

모래시계

텅 빈 모래시계
비어 있는 마음처럼
공허한 시간을 보낸다.

누구 하나 돌리지 않고
오늘도
모래시계는 기다린다.

자신의 시계가
움직여
채워지기를…

돌싱이 된 지 벌써 17년 된 중년 남성이 찾아왔다. 결혼을 하고 행복하게 살다가 아내가 위암 말기를 선고 받았다. 두 딸과 함께 행복한 가정생활을 하던 그에게는 청천벽력과 같은 소식이었다. 그와 그의 아내는 며칠 동안 한참을 울었다고 한다.

용기를 낸 것은 남편이 아닌 시한부 판정을 받은 아내였다. 어린 딸들과 마지막 여행을 하고 아직 초등학생인 어린 딸들의 손을 잡고 지는 노을을 웃으면서 바라보던 아내의 모습을 아직도 잊지 못하는 중년의 남성은 당시를 회상하면서 미소와 함께 눈가가 촉촉해졌다. 아내를 너무 사랑했기에 재혼을 할 수 없었고, 두 딸을 모두 대학에 보내고 두 딸 모두 시집을 간 후에 그는 이제야 그동안 꺼내지 못했던 마음의 응어리를 나에게 털어놓았다.

딸이 결혼을 할 때는 엄마도 함께 축복해 주면 좋을 것 같아서 엄마의 빈자리를 채워줄 사람을 찾아보라는 주위의 권유도 많았지만, 결혼식장에서 엄마의 자리에 새엄마가 있는 것도 좋지만 그 자리는 비워두는 것이 더 좋겠다고 생각하고 오래전부터 스스로 다짐을 했다고 했다.

17년 동안 혼자서 어린 딸들을 키우는 것은 쉽지가 않았다. 그는 부모도 일찍 돌아가신 상태였고 아이들을 잠깐 봐주는 아줌마는 있

었지만 그와 두 딸의 마음까지 채워줄 수는 없었다. 그나마 딸들이 시집을 가기 전에는 집에서 함께 있는 딸이 있다는 것에 위로를 받았으나 이제 딸들이 모두 출가를 하고 아무도 없는 집에 들어오는 것조차 무섭다고 표현을 했다.

사실 그에게 그러한 증상은 딸들이 결혼하기 전부터 있었다. 아내와 사별한 지 8년 후부터 우울증 약을 복용했다고 하고 지금도 수면 유도제를 먹어야만 잠에 들 수 있다고 했다. 그의 마음은 마치 멈춰버린 모래시계와 같았다.

골동품을 파는 상점에 들어간 적이 있다. 한쪽 구석에 작은 모래시계가 놓여 있었다. 언제부터 이 시계는 이곳에서 혼자 있었을까? 모래시계의 모래는 아래에 모여 있고, 위쪽은 텅 비었으며 모래시계의 상판과 유리는 두껍게 먼지가 쌓여 있었다. 모래시계는 누군가 돌려주지 않으면 시계의 기능을 상실하게 된다. 더 이상 그것은 모래시계라고 할 수 없게 된다.

나를 찾아왔던 중년 남성의 시계는 언제부터 멈춰져 버렸을까? 쉼 없이 반복적으로 움직이며 시간을 흘려보내야 하는 모래시계는 돌려주는 이 없이 혼자 멈춰버렸다. 혼자서 할 수 있을 줄 알고 아이도 키우고 일도 하면서 아내의 자리를 채우려 했지만 생각처럼 되지 않았다.

얼마나 많은 돌싱들이 멈춘 모래시계처럼 공허한 가슴을 안고 있을까? 얼마나 많은 돌싱들이 멈춘 모래시계처럼 스스로 뒤집을 수 있다고 생각만 한 채 멈추어 있을까?

혼자 할 수 있다고 생각하지 말자. 용기를 내보자.

당신이 계속 움직이는 것에 분명한 목적을 두어야 한다. 그 목적을 이루기 위해 당신이 지금도 수고하고 있다면 그 수고를 함께 이야기할 누군가를 만들어야 한다.

돌싱 :
스스로 할 수 없음을 인정하는 용기

돌싱은 많이 외롭다. **외로움 속에 있는 사람은 다시 용기를 내는 것조차도 다른 사람들보다 몇 배의 용기가 필요하다.**

제주에서 해녀들이 물질을 하는 것을 많이 본다. 한참 물속에 있다가 나오는 것을 보면 신기하기도 하다. 해녀 학교가 있어서 나도 등록을 하려 했으나 차마 용기가 없어서 등록하지 못했다.

다른 사람들은 "왜 그것도 못 해?" 하면서 쉽게 말할 수 있지만, 돌싱들은 무슨 일이든지 더 많은 용기가 필요한 것이 사실이다. 해녀들도 처음에는 물속에 들어가는 것이 쉽지 않았을 것이다. 반복적으로 용기를 냈기 때문에 지금은 자유롭게 물속에서 일을 하게 된 것 아니겠는가! 그러나 우리는 돌싱연습을 반복할 수는 없다. 그렇기 때문에 더욱 용기가 필요하고 그 용기에 용기를 더해줄 누군가가 필요한 것이다.

해녀들은 거센 파도에도 추운 겨울에도 물속에 들어간다. 그들이 의지하는 것은 부표와 밧줄 하나 그리고 동료들이다. 그것들이 물속에 들어가는 해녀들의 용기에 용기를 더해주는 것들이다.

당신이 다시 일어서기 위해서 용기를 낼 때, 그 용기에 용기를 더해줄 누군가가 필요한 이유다. 모래시계처럼 멈춰버린 당신의 시간에도 주변의 모든 시간은 계속 흐르고 있다. 내가 다시 일어설 수 있을 때까지, 내가 용기를 낼 수 있을 때까지, 내 모래시계가 뒤집어질 때까지, 세상의 모든 시간이 멈추었으면 좋겠지만 그것은 지극히 개인적인 어리석은 바람이다.

내 용기에 용기를 더해 줄 누군가를 찾자.
모래시계는 절대 스스로 뒤집어지지 않는다.
누군가가 돌려주어야 한다.
지금 당신에게 필요한 것은,
당신의 모래시계를 돌려줄 누군가의 손길이다.

다시 사랑을 찾자

사랑 찾기

찾으려고 맘을 먹으니
온통 하트다.

찾으려고 맘을 먹으니
하트가
주렁주렁 걸려 있다.

이제 내 맘에도
사랑이 열리려나 보다.

지하철에 세 명의 남자가 탑승을 했다. 그중 한 남성은 유독 뚱뚱한 몸을 가지고 있었다. 한 남자가 뚱뚱한 남자를 가리키며 말했다.

"이 친구는 꼭 두 사람 좌석을 차지한다니까? 자네 부끄러운 줄 알라고…."

그러자 뚱뚱한 남자의 얼굴은 금세 홍당무가 되었다. 이때 옆에 있던 다른 남자가 말했다.

"그런 소리 말아. 이 친구가 자리를 양보하면 한 번에 두 사람이 앉을 수 있잖아."

부정과 긍정의 차이다. 돌싱을 경험한 당신은 더 나은 진짜 사랑을 만드는 중요한 양분을 얻은 것이다.

심리상담을 하다 보면 돌싱도 많고, 그리고 돌싱을 준비하는 이들도 많다. 코로나19 이후 부부상담 중 이혼 상담의 비중이 더 많이 늘었다. 이혼을 결정하기까지는 여러 가지 상황들이 있을 것이다.

요즘 돌싱 관련 매칭 프로그램들의 인기가 높다. 그중 새로운 참가자를 모집하기 위한 안내를 하는데, 그 조건은 단 하나이다.

"다시 사랑을 찾으실 분"

그렇다, 모든 돌싱들에게 가장 필요한 것은 '다시 사랑을 찾을 용기'이다.

실패자라고 생각한다면 부정적인 것만 찾으려고 할 것이다. 실패하는 것만 반복적으로 대뇌이게 된다. 마치 두 명이 피해를 볼 것이라고 생각하는 첫 번째 친구와 다를 바 없다.

돌싱이 되면, 돌싱이기 때문에 나는 실패자야, 내 아이가 부끄러운 모습으로 학교를 다닐까 걱정이 되고, 나만 바라보던 우리 엄마는 뭐라고 생각할까? 수백 가지의 부정적인 모습들이 나를 짓누르게 될 수 있다.

여전히 사회는 돌싱에 대해 긍정보다는 부정적인 눈빛이 많은 것은 사실이다. 그러나 긍정적인 마인드는 현실의 벽을 뛰어넘을 수 있는 능력이 있다. 할 수 없다고 결론을 내린 그것조차도 뒤바꿀 수 있는 것이 바로 긍정적인 사랑의 힘이다.

대부분의 돌싱(사별 제외)들은 자신이 결혼에 실패했다고 생각한다. 실패했을 때는 실패한 원인이 있을 것이고, 실패를 제공한 원인 제공자를 찾으려 한다. 그러다 보니 나의 환경과 배우자, 심지어 배우자의 가족들과 친구들까지도 원인 제공자의 반열에 올려놓게 되는 경우가 있다.

이렇게 실패의 원인 제공자가 많으면 많을수록 세상은 불평덩어리와 불신으로 가득하게 된다. 당신이 돌싱이 된 것에 대한 원망과 불신과 불만을 가지고 세상을 살아간다면 당신은 절대로 행복한 삶을 살 수 없다. **돌싱이 된 이상 원인 제공자를 찾을 필요도 실패한 이유를 찾을 필요도 없다.**

결혼을 하게 될 때는 사랑해서 했고, 이혼을 하게 될 때에는 그 사랑에 열매를 맺지 못했기 때문이다. 농부는 감귤나무가 이번 해에 열매를 맺지 않았다고 밭을 갈아엎고 나무를 전부 뽑아버리지 않는다.

돌싱 :
새로운 사랑을 하자, 당신의 결단과 용기가 필요하다.

사랑할 수 있는 자리를 빼앗긴 것이 아니라, 새로운 사랑이 들어올 자리가 생기게 된 것이다. 돌싱들은 두 사람의 사랑을 잃은 것이 아니라 두 사람의 새로운 사랑을 기대하는 것이다.

자녀가 있을 경우에는 더욱 심각하게 고민을 할 수밖에 없다. 사실 돌싱들이 사랑을 찾기 두려워하는 것은 자녀와 각자의 생활 환경 등 여러 이유가 있겠지만 그 속에는 불신이라는 커다란 멍이 한 몫을 차지한다. 그리고 다시 사랑을 하는 것에 대한 두려움이 제일 클 것이다.

자녀와 환경 등의 조건을 신중히 생각해야 하는 것은 바람직하지만 그렇다고 사람을 만나는 것조차 두려워하면 안 된다. 진짜 사랑을 하게 되면 그 모든 것을 이길 힘이 생기기 때문이다.

사랑을 찾으려고 마음을 한번 먹어보자. 길에도 하트가 보이고, 등산로에도 보이고, 집 앞의 담벼락에도 하트가 주렁주렁 있음을 보게 될 것이다.

돌싱을 용기 내서 결정했던 것처럼,
당신에게는 이제 또 다른 용기가 필요하다.
당신이 사랑을 하겠다고 용기를 내게 된다면,
새로운 사랑을 찾을 수 있게 될 것이다.

다시 사랑하자. 다시 사랑할 수 있다.
여전히 사랑을 줄 수 있는 당신이다.

처절한 몸부림을
부끄러워하지 말자

작은 몸부림

한라산 윗세오름

작은 여치 한 마리

내 걸음에 그가 움찔 놀라

네 몸짓에 나도 움찔 놀라

둘이 동시에 발걸음을 멈춘다.

살고자 하는

작은 몸부림이

나와 같다

어느 날 초췌한 모습을 하고 있는 주부가 방문을 했다. 결혼한 지는 5년이 되었고, 3살 된 아들이 한 명 있다고 했다.

그녀는 임신을 한 후 회사를 그만두고 전업주부로서 육아에 전념하기로 했다. 물론 남편과 상의를 해서 결정한 일이었다. 그런데 아이가 1살이 된 후부터 남편이 집에 와서 화를 내고 심지어 폭언을 하며 집기를 던지는 일들이 많아졌다고 했다. 아들이 3살 되면서부터 아빠가 집에 들어올 시간이 되면 아이가 경기를 일으키며 놀지도 않고, 방 안에서 꼼짝 하지 않는 것을 발견하기 시작했다고 한다.

맞벌이를 하던 부부가 아이가 생기면서 아무래도 경제적 어려움이 서서히 커지다 보니 남편이 아내에게 화풀이를 하게 된 것이 원인이었다.

이 부부에게 사랑은 책임감으로, 그 책임감은 무거운 짐으로 바뀌는 전형적인 한국 가정의 현실을 보여주고 있다.

경제적인 스트레스가 아내에게 또는 남편에게 전달되면서 부부 사이가 멀어지는 경우가 비단 이들의 이야기만은 아닐 것이다.

아내는 두려움에 몸을 피하기 시작했고, 남편이 술을 먹고 들어오는 날이면 아내와 아이는 움찔 놀라 요동조차 하지 못하는 날들이 많아졌다고 한다. 그러다 결국 돌싱의 길을 선택하게 된 것이었다.

한라산 윗세오름을 등반하다 나의 발걸음에 놀란 곤충을 발견했던 일이 생각난다.

보통 다른 곤충들은 사람의 발자국 소리가 들리면 몸을 날려 다른 곳으로 도망가는 것이 일반적일 터인데, 이날 이 곤충은 순간 움찔 놀라며 그 자리에서 움직이지 않고 그대로 굳어버렸다.

나는 이 곤충을 발견하고는 나 역시 발걸음을 멈추고 한참을 관찰하였다. 10분이 지나도록 그 자리에 그대로 있는 이 곤충이 행여 다른 등산객의 발에 밟히지는 않을까 걱정되는 마음에 조심히 들어 풀 숲으로 옮겨 주고서야 다시 등산길에 올랐다.

하산하던 길에 그 곤충이 자꾸 눈에 아른거려서 바닥을 쳐다보면서 걷게 되었다. 그리고…

내 눈에 들어온 것은 누군가의 발에 밟혀 죽어버린 곤충이었다. 물론 좀 전에 내가 옮겨놓아준 그 곤충은 아닐 것이다. 그런데 죽어 있는 곤충 역시 움찔 놀라 도망가는 것조차 하지 못하고 있었던 것 아닐까?

작은 곤충의 작은 몸부림은 미처 도망가지 못하였지만, 그 누구보다도 도망가고 싶은 간절한 몸부림이 아니었을까?

결혼 생활을 하면서 어떨 때는 상대가(남편이 될 수도 있고, 아내가 될 수도 있고, 자녀가 될 수도 있다.) 나의 버럭 하는 소리에 움찔 놀라 움직이지도 못하고 대답도 못하는 것을 경험해본 적이 있을 것이

다. 나 역시 부부싸움 중 상대가 나의 말에 대답이 없을 때 이런 경험이 있다. "왜 내 말을 무시해? 안 들려? 왜 대답 안 해!" 혹시라도 자리를 뜨고 그 자리를 피하려 한다 치면 "어디를 가? 내 말 안 들려? 내 말 아직 안 끝났어!"

50 중반이 되어서야… 이 작은 곤충을 보고 비로소 깨닫게 되었다. 꼼짝하지도 못하는 작은 곤충의 미세한 떨림은 살고자 하는 처절한 몸부림이었다는 것을 말이다.

과거의 모든 관계에 있어서 내 모습을 반성하기 시작했다. 눈물이 주르륵 흘러내리고 나의 무지한 행동에 상처받았을 모든 이들에게 미안한 마음이 가득해졌다.

돌싱들과 돌싱을 준비하는 이들은 모두 이런 경험을 한 번쯤 겪어 보았을 것이라 생각이 된다. 가해자이든 피해자이든 이제는 같은 실수를 만들지 않도록 하자.

무시해서 말을 안 한 것이 아니고, 말할 수 없을 정도로 무서웠던 것이다. 당신을 무시해서 다툼의 자리를 피한 것이 아니고, 간절하게 살고 싶어서 피했던 것이다. 그의 작은 몸부림 속에 수많은 두려움과 공포, 배신과 실망, 그리고 남겨진 사랑이 공존하고 있었던 것이다. **그 작은 몸부림은 어쩌면 살고자 하는 처절한 몸부림이었던 것이다.**

돌싱 :
처절한 몸부림을 경험한 당신이
다시 평온을 찾아가는 것

돌싱을 선택하는 것은 가정과 결혼생활이 싫어서가 아니다. 오히려 온전한 가정을 갖기 위해 처절하게 싸우고, 몸부림친 것이다.

당신이 돌싱을 선택했다면, 그것은 처절하게 그리고 간절하게 진짜 사랑을 찾고 싶어 하고, 온전한 가정을 이루고자 하는 커다란 마음 때문이었을 것이다.

사람들은 이혼한 사람을 보면 '너무 쉬운 선택이 아니야?', '너가 어떻게 그럴 수 있냐'라는 등으로 독이 든 위로를 건네기도 한다. 그래서 돌싱들은 친구들을 만나려 하지도 않고, 가족모임도 참여하지 않으며, 심지어 회사에서도 그 사실을 모르게 하는 경우가 많다.

왜 그럴까?

이제 당신의 간절함과 당신의 처절한 몸부림을
부끄러워하지 말아라.
이제 당신과 같이 처절한 몸부림을 하고 있는
누군가를 지켜줘라.
누군가 여전히 보이지 않는 떨림으로
작은 몸부림을 치고 있다면 살짝 비켜주자.
그가 스스로 진정될 수 있도록 말이다.

최소한 우리는 공감할 수 있지 않은가.

돌싱이 되자마자 행복해라

카이로스

정상에 다다르니
바람이 밀려온다
아쉬움이 함께
밀려온다

정상에 다다르니
구름이 몰려온다
허전함이 함께
몰려온다.

보기도 전에
헤어질 것이 아쉽다.

연애한 지 2년 6개월 정도 되어서 결혼한 부부가 있었다. 친구의 소개로 만남을 가지기 시작했으며, 혼전관계를 통해서 임신을 하게 되었다고 한다. 둘은 임신 5개월 되던 때에 서둘러 결혼을 하였고, 임신 6개월 되었을 때, 안타깝게 아이는 유산이 되었다.

결혼한 지 한 달이 되었을 때, 유산이 된 것이고, 이들의 결혼 목적이 너무 빠르게 사라져버리게 된 것이다. 둘은 서로에게 말할 수 없는 각자의 고민이 생기기 시작했다. 힘든 시간에 둘이 서로 의지가 되었으면 좋았을 텐데 안타깝게도 결혼 시작과 동시에 서로 맞지 않는 성격이 그제야 보이기 시작했다. 불편한 마음으로 한 집에서 살아야 하는 것이 고통이었고, 출근을 하는 것이 오히려 즐거웠다.

'내가 이 결혼을 왜 했지?'라는 답답함이 교차하며 정체성의 혼란이 일어났다. 이런 마음으로 1년 정도 유지하다가 결국 합의하에 이혼을 하고 돌싱이 된 것이었다. 둘은 이혼 도장을 찍고 법정을 나오면서 비로소 미소를 짓고 있는 자신을 보았다고 한다.

이제라도 그 미소가 오랫동안 유지되길 소망해본다.

당신이 선택한 길이라면 그 선택에 최선을 다해 만족할 수 있도록 하자. 처음의 선택에서 만족을 하지 못한 것이 잘했다고 할 수는 없다. 사랑의 선택과 결혼의 선택도 본인이 하는 것처럼 그에 대한 노력 또한 본인이 해야 하기 때문이다.

처음 결정에 대한 미안함과 아쉬움을 가지고 두 번째의 결정에 반응을 하자. 돌싱을 선택한 두번째 결정의 옳고 그름을 따지지 말고, 미련을 가지지 말고, 오만하지도 말고 그저 현재의 결정에 반응하고 최선을 다하는 것이 좋다.

새벽 5시 30분, 한라산 입산이 시작되자마자 산을 올랐다. 랜턴을 켜고 어두운 산길을 올랐다. 예상시간보다 빠르게 진달래 대피소에 도착을 했고 구름이 조금이라도 걷히기를 기다리다 이내 발길을 백록담으로 향했다.

한 시간 조금 지나서 정상에 가까워졌다. 바람이 거세지고 구름이 오고 가기를 몇 번 반복했다. 그때부터 나의 발걸음이 무거워지기 시작했다. 그토록 바라던 백록담인데 보기도 전에 헤어져야 할 것이 사뭇 아쉬워서 보기 전부터 마음이 먹먹해졌던 것이다.

드디어 백록담과 마주했다. 정상에 오르자마자 거세게 불어오는 바람에 땀도 닦을 틈 없이 온몸에 추위가 엄습해왔다. 차가운 바람에 정상에 오른 사람들이 모두 바람을 피하기 위해 구석을 찾아 웅크려 있고, 다들 기념사진만 찍고 하산하기에 바빴다. 오르기 전에 내 발걸음을 무겁게 했던 아쉬움, 미련 등등 이런 복잡한 감정은 사

치에 불과했다.

나 역시 15분 정도 지난 후 너무 추워서 준비해 갔던 간단한 도시락도 먹지 못하고 하산을 선택하였다.

"하하하."

괜한 이별과 아쉬움이 어쩌구 저쩌구 하면서 걱정했던 나 자신이 계면쩍어 웃음이 나왔다. 설렘을 가져야 할 시간에 괜한 걱정이 앞서는 바람에 기쁨과 감격의 시간과 설렘과 떨림의 시간을 더 많이 가지지 못한 나 자신에게 미안했다.

돌싱 :
이제 행복할 수 있는 시간을 늘려 나가자

가장 행복해야 할 20대와 30대를 가장 힘들게 보내야 했던 돌싱의 아픔에 편견이라는 돌을 스스로 던지지 말아야 한다. 가슴이 뛰게 하는 새로운 인생과 만남을 위하여 다시 용기를 내자.

힘든 시간을 고뇌하다 결정을 한 것만큼 **깊이 있는 사랑을 하도록 하자.**

힘든 시간을 사무치게 아파하며 보낸 것만큼 **사랑할 시간을 낭비하지 말자.**

당신이 행복해야 할 시간에 행복하지 못했다면, 그 시간을 만회

하기 위해서 행복할 수 있는 시간을 더 늘려 나가야 한다.

돌싱이 되었는가?

돌싱을 준비하고 있는가?

결혼생활이 불행했다고 느꼈다면

그래서 돌싱을 선택한 것이라면,

주문을 외워보자.

돌싱이 되면서부터, 돌싱이 되자마자 행복하자.

최선의 방어가 최선의 사랑을 망친다

Too busy

바쁘다
입도 바쁘고
꼬리도 바쁘고
몸도 바쁘다.

먹느라 바쁘고
좇느라 바쁘고
싸느라 바쁘다.

나처럼
살기 위해 바쁘다.

상담을 요청했던 부부들의 유형을 보면 크게 세 가지로 나누어볼 수 있었다. 아래의 세 가지 유형이 전부는 아니겠지만, 글의 방향성에 맞는 유형으로 구분했다.

첫째, 첫사랑과 결혼을 한 경우다. 이런 경우는 남자이든 여자이든 많은 이성을 만나본 경험이 별로 없다. 둘째, 여러 이성을 만나보고 조건에 맞는 사람과 결혼을 한 경우다. 이런 경우는 의외로 결혼 만족도가 높다. 셋째, 결혼 정보회사를 통해서 결혼을 하게 된 경우다. 이런 경우는 이성교제의 경험이 적을 수도 있고 많을 수도 있다.

이 모든 경우에서 공통점이 있다. 어떤 경우에라도 바빠진다는 것이다.

첫 번째의 경우 첫사랑이기 때문에 상대에 대한 대처 능력(상대의 의도를 파악하여 대처하는 능력)이 떨어질 확률이 둘째와 셋째보다 높다. 이성에 대한 이해도가 부족하기 때문이다. 로맨스 영화와 같은 결혼을 했다고 생각하기 때문에 상대에게 자신의 단점을 보여주는 것을 꺼려하게 된다. 부부지만 편하지는 않다. 그래서 많이 바쁘다. 부족한 것을 감추기 위해 많이 바쁘다.

두 번째의 경우는 각자의 조건을 보고 결혼했기 때문에 그 조건이 잘 유지되어야 결혼 생활이 안정적으로 지속될 것이다. 그래서 많이 바쁘다. 조건을 지키기 위해 그들은 대화보다는 서로의 조건을 충족시키고 유지해야 한다. 그래서 많이 바쁘다

세 번째의 경우는 결혼을 전제로 만났기 때문에 서로에 대해 모르는 것이 많아도 선택하는 경우가 많다. 그래서 많이 바쁘다. 서로를 알아가야 하고, 사랑하는 감정도 만들어야 한다. 그래서 더 많이 바쁘다. 세 가지의 유형이 모두 긍정적인 부분으로 바쁘다.

결혼 생활을 잘 유지하기 위한 서로의 노력에 의한 바쁨이다. 그러나 인간은 바쁘면 반드시 놓치게 되는 것이 있다.

드넓은 초원에서 한가로이 풀을 뜯어먹고 있는 소 떼 중에 두 마리의 어른 소와 두 마리의 어린 소가 내 쪽으로 다가와서 풀을 먹는다. 흔히들 이런 광경을 보면 소가 매우 한가로워 보인다고 말을 한다. 그런데 사실 풀을 뜯고 있는 소는 절대 한가롭지 않다.

자세히 보면 그 소가 얼마나 바쁘게 움직이고 있는지 알 수 있을 것이다. 입은 풀을 한 개라도 더 뜯어먹기 위해 쉬지 않고 바쁘게 움직인다. 작은 파리들이 몸에 달라붙는 것을 막기 위해 꼬리와 귀

를 연신 흔들어 댄다. 그리고 가만히 있는 것 같지만 앞다리와 어깨의 근육이 계속 바쁘게 떨린다. 꼬리와 귀가 닿지 않는 부분은 근육을 떨며 몸에 붙은 파리를 쫓아내고 있는 것이다.

대부분의 많은 사람들은 소가 이렇게 바쁘게 움직이는지 알지 못하고 평화롭다고만 생각한다. 파리들을 쫓기 위한 몸부림을 보지 못한다. 보이는 그대로가 아닌 살기 위해 바쁘게 쉼 없이 움직이는 '소'다.

돌싱 :
살기 위한 바쁨을 다시 여유 있는 몸짓으로 감싸주는 것

결혼 생활에 서로의 바쁜 일들이 많아지면 상대는 서운한 감정이 먼저 들게 된다. 상대를 이해하기보다는 자신의 바쁨을 설명하고 인정받으려고 또 바빠진다. 상대에게 자신의 약점을 잡히지 않으려고 바쁘게 최선을 다해 방어를 한다. 언젠가는 지치겠지….

바쁘면 놓치는 것이 많아진다. 그러다 지치면 상대를 보려고 하는 에너지도 없어지기 마련이다.

살기 위해 바쁘게 움직이고,

잘 살기 위해 최선의 방어를 했다면,

이제는 조금 여유 있게 상대를 안아주고,

여유 있게 안아줄 수 있도록

스스로 바쁨을 내려놓도록 하자.

바쁘게 방어벽을 세우고,

바쁘게 상대를 찾으려 하고, 조건을 맞추기 위해

바쁘게 허덕이지 말고, 이제는 조금 여유로워지자.

불필요한 방어의 벽을 걷어내고,

조건을 맞추기보다는 조건에 맞는 상대를 만나도록 하자.

최선의 방어가 최고의 사랑을 망칠 수 있다.

눈을 들어 멀리 보자

멀리 보기

파도가

거세다

사납다

혼란스럽다

두렵기까지 하다.

멀리 수평선을 보자.

최근 우리나라의 이혼율은 OECD 국가 중에 9위, 아시아 국가 중에선 1위에 오르는 등 지속적으로 증가하는 추세다. 또한 상담자들 중에 결혼한 지 5년 미만의 부부가 상담을 신청하는 비중이 늘었고, 5년 미만의 가정 이혼율이 증가하고 있다. 뜨겁게 사랑해서 불같이 결혼을 하고, 그리고 순식간에 이혼을 한다. 왜 그럴까?

우리도 열정이 있던 때가 있었다. 열정을 가지고 사랑을 하고, 사랑할 시간이 부족하다며 사랑을 했다. 그 사랑을 지키기 위해 늦은 밤까지 일을 했고, 밖으로는 참고 참고 참아가며 회사 일을 했고, 안으로는 참고 참고 참아가며 집안일을 했다. 사랑을 지키기 위해 그리고 사람을 지키기 위해서 우리는 그렇게 열정을 뿜어냈다.

몇 해가 지났을까… 얼마가 흘렀을까… 그리고 우리는 얼마나 변했을까… 우리에게 권태기가 찾아왔다. 영원할 것 같던 우리들의 열정은 어디론가 사라져 버렸다. 서로의 시간 속에 사랑은 없어진 것 같다.

밖으로는 참고 참고 참으며 일을 해야 하는 이유가 사라졌다. 안에서는 참고 참고 참으며 집안일을 하는 즐거움이 없어졌다. 안으로 들어가고 싶은 마음이 없어졌고, 기다리고 싶은 마음이 없어졌

다. 사랑을 지키기 위해 사람을 지키기 위해 보냈던 시간이 이제는 나를 지키기 위한 처절한 시간으로 변했다. 이 시간을 버티지 못하면 결국 돌싱을 선택하게 된다.

바람이 심하게 부는 날 바닷가를 향했다. 거세게 부는 바람과 흩날리는 물보라를 보고 있으면 시원함도 있지만, 두려움과 긴장감이 엄습한다. 나를 덮쳐버릴 것 같은 파도의 몸부림에 좀 더 가까이 가고 싶지만 나의 발걸음을 붙잡는다.

권태기에 접어들게 되면 파도 앞에 서 있는 것과 비슷한 마음이 된다. 마치 파도 속으로 뛰어들고 싶은 마음도 있으나 오히려 두려움에 다행히 뛰어들지는 않았다. 그 두려움이 감사하다.

당신은 파도가 심하게 요동치는 날 바닷가에서 무섭게 몰아쳐 바위 위에 부서지는 파도를 본 적이 있는가? 그 위상이 무섭고, 그 굉음이 가슴을 요동치는 것을 느낄 수 있을 것이다. 어디 그뿐이랴 몸은 바람에 중심조차 잡기 힘들다.

마치 돌싱이 되기 전 이혼을 준비하는 그때의 모습과 비슷하다. 빨려들 것 같고, 앞날이 보이지 않고 지금 당장 내일 무엇을 해야 할지, 어디로 가야 할지 판단이 서지 않는 그때….

파도가 부서지는 눈앞을 보지 말고, 눈을 들어 멀리 수평선을 바라보라.

눈앞에 요동치는 바다와는 달리 수평선은 언제나 편안하게 보인다. 물론 수평선 가까이 가면 여전히 파도가 높을 수 있다. 그럼 또 멀리 수평선을 바라보자. 수평선은 언제나 같다. 바람이 거세게 불 때에도 파도가 요동을 칠 때도, 반대로 파도가 없을 때에도 수평선은 항상 같다.

돌싱 :
멀리 보는 연습을 하자

지금과 같은 어려움이 다시 올 수 있고, 더 힘들게 나를 집어삼키려 할 때도 있을 것이다. 그럴 때일수록 멀리 보자. 멀리 보면 언제나 평온한 모습을 마주하게 될 것이다. 채플린은 이렇게 말을 했다. "인생이란 가까이 보면 비극, 멀리서 보면 희극이다."

지금의 시간을 멀리서 또는 가까이서 후벼보았으면 한다. 자신의 모습과 앞으로의 날들을 스스로 알아차릴 수 있도록 말이다. 어쩌면 온갖 고뇌와 슬픔을 겪어내고 이제야 느끼게 되는 아름다운 인생에 그냥 감사가 나올지도 모른다.

열정적으로 사랑했던 그때를 지나,

차가운 권태기를 지나,

이제 저 멀리 성숙기에 진입해보자.

평온한 미소를 짓고 있는 당신을 볼 수 있을 것이다.

인생의 많은 일들을 이겨내고

이제 성숙해진 당신의 모습을 볼 수 있다면

당신은 분명 축복받은 사람이다.

때로는 느린 것이 좋다

느림의 미학

떨어지는 태양의 아름다운
붉은빛 하늘바다

어둠 속 밝아지는
하늘의 진주

바람도 느리게 움직여
바람개비조차 조용히 저녁을 즐긴다.

자연과 인간이 하나 되는 순간
그 안에 작은 멈춰버린 나
멈추지 않으면 보이지 않는
멈춰야 보게 되는 눈부신 세상

언제부터인가 차가 막히면 그 막힘을 즐기는 여유가 생겼다. 물론 글을 쓰거나 강연 준비를 할 때는 일 분 일 초가 부족하도록 자판을 두드리고 있지만, 그 바쁨을 피해 잠시 느림을 즐기기 위해 밖으로 나가기도 한다.

바쁘게 움직이며 보지 못했던 무언가를 찾기 위해 차가 막히면 새롭게 다가오는 아름다운 세상을 발견하게 된다. 바쁘게 달리는 인생, 때로는 느림 속에 숨겨진 아름다운 보석을 찾아내는 행복을 느껴보라.

21세기에 빠름을 빼면 더 이상 말을 할 수가 없다. 인터넷은 속도 전쟁이고, 스마트폰의 시작으로 더욱 커다란 속도 전쟁의 경쟁에 들어가고 있다. TV 프로그램도 속도가 중요하다. 특히 예능이나 코미디 프로그램에서는 속도감이 없으면 도무지 내용을 이해할 수 없을 정도가 되었다. 코너 하나하나가 빠르게 빠르게 진행되어 간다.

모두가 빠른 것을 좋아하는 듯하다. 신호대기를 하는 차 안에서 신호가 빨간불에서 파란불로 바뀌었을 때 뒤에 차가 빨리 가라고 울리는 경적은 기다림의 여유가 없다.

눈이 많이 내린 어느 날 서울에서 분당으로 향하는 길이었다. 폭

설이 내려서 차가 거북이걸음을 하는 날, 오랜만에 내리는 눈을 감상하고 싶어서 굳이 서두르지 않고 천천히 흐름에 차를 맡기고 있었다. 바로 그 때 구룡터널을 통과하는 지점에서 놀라운 광경을 보게 되었다.

20미터가 훨씬 넘어 보이는 커다란 소나무 세 그루가 멋지게 서 있는 모습이다. 이렇게 멋진 소나무가 매일 오고 가는 이 길목에 있었다는 것을 몰랐다. 그동안 한 번도 소나무를 보지 못하고 지나쳤던 바로 그 길이었다.

'그래 늦게 가는 것도 이렇게 좋구나.'

때로는 느린 것이 좋다. 새로운 것도 발견하게 되고, 미처 보지 못했던 것도 보게 되기 때문이다.

돌싱 :
느림 속에 주변을 알아가는 것

연애와 결혼 그리고 이혼까지 가는 데 시간이 조금씩 단축되고 있다. 연애기간도 짧아지고, 결혼 생활도 짧아진다. 빠름은 우리에게 세밀하게 바라보는 여유를 빼앗아 갔다.

돌싱이 되었다면, 이제 조금은 여유 있게 느리게 가도 좋을 것 같다. 주변을 보고, 사람도 보고, 사랑도 여유 있게 하자.

인생도 마찬가지다.

너무 빨라서 미처 점검하지 못했던 관계를 회복하자. 또다시 맞이하게 될 현실들과 한 번의 뼈아픈 경험은 앞으로 다가올 현실을 대처하는 힘이 될 것이다. 처음에는 미처 확인하지 못했던 것들, 보지 못했던 것들을 천천히 알아가자.

당신이 미처 발견하지 못했던

너무나 아름다운 자연과 도심의 연출을 누리자.

하루 1분만 투자를 해도 매일 아름다운 자연을 누리게 된다.

사랑도 그렇게 천천히 다가올 것이다.

고개를 들고 가슴을 펴고

고개를 드세요

힘들어 주저앉아
고개 떨군 당신.
조금만 고개를 드세요.
당신을 사랑하는 사람들이
얼마나 많은지 보게 될 겁니다.

그리고 좌우로 고개를 돌려보세요.
당신의 사랑을 필요로 하는
더 많은 사람들이 보일 겁니다.

밝게 웃으며 힘껏 달려가세요.
지금부터 다시 시작입니다.

나는 많은 사람들을 상담해 주어야 하는 직업적 특성을 가지고
있다. 이야기를 나누다 보면 너무 많은 사람들이 얼마나 아파하고
있는지를 알 수 있게 된다. 젊은 나이에 가정에서 이루어질 수 있는
다양한 아픔을 경험한 나는 그러한 인생의 훈련 덕분에 젊은 나이
지만 타인을 이해할 수 있는 마음과 상대의 마음을 읽을 수 있는 지
혜를 얻게 되었다.

많은 사람들이 가지고 있는 아픔은 자신의 환경에서 오는 것임을
쉽게 알 수 있다. 자신의 환경에서 오는 불만과 아픔은 치료하기가
쉽지는 않다. 철저하게 비밀이라는 상자에 가두어 놓으려고 하기
때문이다. 또한, 억지로 환경이 바뀌지 않는 이상은 스스로도 바꾸
려 하지도 않고, 아예 환경을 바꾸고자 하는 마음조차 없는 경우가
많다.

2010년 어느 겨울 날이었다. 몹시도 추웠던 2010년의 12월 초 우
연한 이끌림으로 작은 선교단체의 모임이 있는 곳을 가게 되었다. 그
모임은 서초동의 지하 아주 작은 공간에서 젊은이들과 어른들이 모
여 20여 명이 채 안 되는 사람들이 모여 예배를 드리고 있었다.

악기는 키보드 한 대가 있었고, PPT 화면을 통해 보여지는 가사

를 보며 찬양을 하고 있었다. 한 사람 한 사람 자리에서 일어나 감격과 기쁨으로 찬양을 했다. 아무도 눈치를 주는 이가 없었고, 누구도 눈치를 보는 사람 역시 없었다. 오랜만에 보는 아름답고 경건한 모습이었다.

조금 진행되다가 PPT 화면에 세계의 각 지역에 나가 선교를 하고 있는 선교사들과 가족들의 사진이 보여졌다. 진행자는 사진들을 보여주며 세계에 흩어져 있는 선교사들과 그들의 가족들을 소개해주었고, 한 가정 한 가정 비춰질 때마다 작은 무리의 환호와 격려의 박수가 이어졌다.

그들은 자신들의 주변을 바라보며 서로를 축복해주었다. 진심 가득한 눈물로 기도를 하는 그들의 모습을 보고 큰 깨달음이 있었다. 당신은, 가정과 직장 그리고 각자의 자유로운 종교생활을 하면서 주변을 얼마나 바라보고 있는가. 얼마나 자기 자신을 알아가고 있는가. 나도 나를 모르는데 어찌 남을 돌볼 수 있을까. 설상가상 이혼이라는 주홍글씨를 스스로 새긴 후에는 세상과 단절하려고 마음먹고 있지는 않은가.

돌싱 :
당당함을 유지하는 것

돌싱이 무슨 죄도 아니고, 그전에 그토록 당당하던 당신의 모습은 어디로 갔는가. 왜 이렇게 오랜 시간 동안 마음을 닫고 힘들게 혼자 아파하고 있는 건지. 당신이 자책하고 있는 그 시간이 당신의 행복이라는 시간을 빼앗아갔다. **시간의 소중함을 망각해 버리게 되면, 관계의 소중함도 망각하게 된다.** 결국 사랑하는 사람이 가까이 와도 잡을 수 없게 된다.

이제 당신의 마음을 담대하게 열어주도록 하자.

지금까지 아파한 시간이면 충분하다. 이제 그만 아파하자. 그리고 조금만 고개를 들어보자. 당신보다 힘든 사람, 당신보다 작은 사람, 당신의 사랑을 필요로 하는 사람, 당신의 손길을 필요로 하는 사람들이 주변에 많이 있는 것을 보게 될 것이다.

그들과 함께 마음을 나누고
그들과 함께 사랑을 나누고
그들과 함께 웃음을 나누고
그들과 함께 기쁨을 나누도록 하자.

이제 아파하지 말고.

마음을 열고, 가슴을 펴고, 고개를 들고

자신 있게 다시 사랑하자.

마치 민들레 홀씨가 바람에 날려 멀리 날아가듯이.

당신의 마음에 있는 많은 감정들을

이제는 자유롭게 날려보자.

다시 심장을 뛰게 하자

다시 심장이 뛴다

막 달렸다.

숨이 막힐 정도로 페달을 밟았다.

죽을 듯이 달렸다.

숨이 차오른다.

죽지도 쓰러지지도 않는다.

인생도 그렇다.

죽을 듯이 달려 숨이 차오른다.

죽을 것 같다.

그러나 죽지 않는다.

계속 달린다.

그렇게 하루하루를 이기는 거다.

그러다 보면 나는 나의 목적지에

누구보다 빠르고 정확하게 서게 된다.

나의 인생이다.

우리의 인생이다.

죽을 듯이 힘든 영혼들의 심장이 다시 뛴다.

20년의 결혼 생활을 마무리하고 돌싱이 된 50대 중년 남성이다. 그는 결혼 생활이 편하지 않았던 터라 이혼을 한 후 만사가 편해질 것이라고 생각했다고 한다. 그런데 온몸의 에너지를 밖으로 분출하지 않으면 안 될 정도로 속이 터질 거 같았다. 일은 자꾸 꼬이고 집에 들어와도 집 밖으로 나가도 만나는 모든 사람과 이루어지는 일들이 모두 답답하기만 했다고 한다. 자연스럽게 되는 일이 없고, 일도 손에 잡히지 않게 되어 우울증에 빠지게 된 것이다.

돌싱이라면 20대든 70대든 나이를 불문하고 이유 없는 불안감과 답답함을 경험해 보았을 것이다. 그 마음이 심해지면 좌절과 패배감에 사로잡혀 모든 일에 자신감을 잃고 포기하려 든다.

나 역시 그런 경험을 한 적이 있다. 답답하고 불안한 마음을 달래 보고자 자전거를 가지고 한강으로 나갔다. 운동을 하면서 스트레스를 푸는 습관이 있었던 나는 자전거 페달을 마구 밟으며 달려야 했다. 마치 심장에 가혹한 고문을 해야 속이 후련해지기라도 할 듯이 쉬지 않고 자전거 페달을 밟아 한강으로 이어진 자전거 도로를 달렸다.

막 달렸다. 숨이 막힐 정도로 자전거 페달을 밟았다.

'이렇게 달리다 죽을 수도 있겠다' 싶을 정도로 힘껏 달렸다.

숨이 차오르고, 다리에 쥐가 나듯이 근육이 당겨오기 시작했다. 그래도 자전거 페달을 멈추지 않았다. 힘이 들고 지친 듯싶어지면 그럴수록 안장에서 엉덩이를 들고 일어서서 자전거 페달을 더욱 힘껏 밟았다.

죽을 듯이 달렸다. 아니 죽자고 달렸다.

숨이 차오른다. 이러다 죽겠다 싶었다. 누구라도 나와 부딪쳐 나를 넘어트려 주기를 바라는 마음도 있었다. 그런데, 그것은 그저 생각일

뿐 달리는 도중 쓰러지지도 않았고, 오히려 속도가 붙은 자전거를 많은 사람들이 피해주고 있었다. 바람은 나의 얼굴을 더욱 세게 부딪쳤다. 마치 답답한 마음을 툭툭 쳐내며 떠나는 바람에 싣고, 달리는 나의 뒤로 힘껏 내다 버려주는 것 같았다. 죽지도 쓰러지지도 않고, 어느덧 분당에서 올림픽대교 밑을 지나 미사리까지 갔다.

그제야 드는 생각은

'아~ 언제 다시 돌아가지?'

그래 그렇다. 한참을 죽을 것 같고, 죽었으면 좋겠다고 생각할 정도로 힘들었지만, 현실은 돌아갈 것을 걱정하는 약간은 우스운 상황이다.

돌싱 :
다시 달려야 하는 에너지

이혼을 준비하고, 이혼을 결심하기까지 수많은 고민을 하고, 마음의 고생이 많았을 것이다. 합의 이혼이면 그래도 좀 괜찮은데, 법정다툼을 하게 될 경우에는 수년동안 그 힘듦이 몇 배나 더 커졌을 것이다.

그런데 그 힘듦을 누군가에게 말할 수도 없었으니 속은 더 썩어졌을 것이다. 지금 죽을 것 같이 힘들고, 되는 것이 하나도 없고, 만나는 모든 사람들이 마치 나를 손가락질하며 비웃고 있다고 생각하며 혹시 지금도 푸념만 하고 있지는 않는지.

그럴 때는 그냥 죽을 듯이 뭔가에 집중해보기를 추천한다.

죽을 것 같지만 죽지 않는다. 인간은 쉽게 죽지 않는다는 것을 당신도 알게 될 것이다.

당신이 다시 달리고자 하는 마음이 있다면
심장은 다시 뛰게 되어 있다.
한 번의 넘어짐, 두 번의 좌절, 세 번의 곤경…
죽고 싶어 달렸는데 오히려 더 먼 곳까지 갔던 것처럼
다시 일어나 더 멀리 달릴 수 있을 것이다.

그렇게 또 일어나고
그렇게 또 달리고
또 시작하는 것이다.

그러면 어느 순간 자신도 모르는 사이에
당신이 목표했던 그곳에 서 있게 될 것이다.

나는 당당하니까

당당한 미소

나는 항상 미소를 잃지 않습니다.

사람들은 나에게 묻습니다.
"무엇이 당신을 항상 웃게 하였습니까?"

사람들은 또 나에게 묻습니다.
"어떻게 이길 수 있었습니까?"

사람들은 다시 나에게 묻습니다.
"도대체 비결이 무엇입니까?"

사람들은 계속 나에게 묻습니다.
"왜 그렇게 확신하십니까?"

나는 여전히 조용한 미소를 짓습니다.
그리고 나는 가슴으로 말합니다.

"나는 당당하니까…"

당신도 당당하게 웃을 수 있다. 인간이 살아가는 데 있어서 아무리 믿음이 좋은 신앙인이라 할지라도 삶에 예외는 없다. 똑같이 사회의 경쟁 가운데 있으며, 똑같은 삶의 희로애락을 지니고 있다.

나만 힘든 것 같지만 주변을 둘러보고 조금만 깊이 있게 살펴보면 오히려 나보다 몇 배나 힘들어하는 사람들이 생각보나 많음을 알게 될 것이다. 바로 이때 당신의 생각이 당신의 행동을 주장하게 해야 한다.

2024년 한국 프로야구가 시즌 개막전을 일제히 시작한다. 1982년 6개 구단으로 시작을 했던 프로야구는 출범한 지 42년이 되었고, 2023년 780만 명의 누적관객을 기록하고 있다.

우리나라 프로야구에 큰 헌신을 했던 위대한 선수

지금은 원로 중의 원로가 되었지만 우리나라 프로야구가 출범하게 될 때에 일본 열도에 흩어져 활동하던 재일교포 출신 프로 선수들을 일일이 찾아다니면서 고국에서 뛸 것을 권유하여 한국 프로야구 출범에 큰 도움을 준 대선수가 있다.

장훈(1940.6.19~) 선수, 일본인들은 그를 하리모토 이사오라고 불렀다. 통산기록은 통산 안타 3,085개(그중 무려 508개가 홈런)로 아직도 일본 프로야구의 대기록으로 남겨져 있다. 일본 프로야구사에서 엄청난 대기록을 세우고 많은 일본인들에게 칭송을 받는 그였지만 그가 이렇게 당당한 한국인이 되기까지 수없이 많은 일들이 있었다.

장훈 선수가 현역시절 일본 프로야구에서 활약할 때의 일이다. 그가 타석에 들어서자 갑자기 모든 관중이 야유를 보내면서 소리를 쳤다.

"조센진 빠가야로~ 조센진 빠가야로."

경기장을 가득 메운 일본 관중들의 야유소리는 타석에 들어선 장훈 선수의 신경을 건드렸다. 몇 번이나 참으려 하였지만 계속된 야유는 그를 더 이상 타석에 서 있지 못하게 하였고, 그는 덕아웃으로 들어가 버렸다.

시간이 조금 지난 후 장훈 선수는 마음을 가다듬고 타석에 섰다. 그리고 당당하게 투수를 쳐다보았다. 투수의 초구가 날아오고, 그는 초구를 향하여 힘차게 야구방망이를 휘둘렀다. 통쾌한 소리와 함께 공은 저 멀리로 날아가고 여전히 '조센진 빠가야로'를 외치고 있는 일본 관중들의 머리 위를 지나 장외홈런이 되었다. 순간 미친 듯이 '조센진 빠가야로'를 외치던 관중들은 일제히 침묵하였다.

조용해진 그라운드를 1루, 2루, 3루를 밟아가며 홈으로 들어온

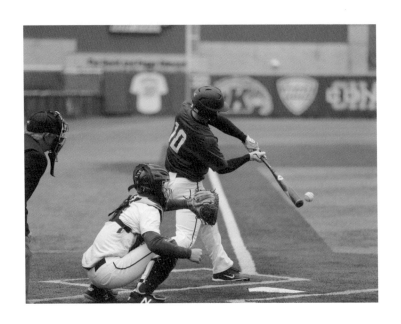

장훈 선수는 당당하게 서서 관중을 바라보고 소리쳤다.

"와따시와 강꼬구데스(나는 한국인이다)."

그의 당당함은 어디서 나왔을까? 당신의 자격지심은 어디서 나왔을까? 여전히 솔로인 당신에게 사람들은 물을 것이다.

"외롭지 않으세요?"

돌싱인 당신에게 사람들은 수근거릴 수 있다. '결혼에 실패한 사람' '이해할 수 없다'는 식의 말들로 당신의 결함을 찾으려 할 것이다. 때론 우습다. 그리고 때론 안타깝기도 하다. 아마 그들 같았으면 벌써 쓰러져 통곡을 했을지도 모르고, 그들 같으면 두려워서 자신들의 당당한 권리조차 누리지 못하였을 것이 뻔하다.

돌싱 :
스스로 당당해지는 것

다시 말하지만 이혼을 권장하는 것은 아니다. 다만, 지금 돌싱으로 당당하게 살아가고 있는 우리들을 응원하는 것이다. 그 일로 당신이 계획하고 진행하고 있던 과정을 포기하지 말고, 당당하게 진행시켜 나가야 한다. 확고한 목표를 설정하고 묵묵히 걸어가고 있는 당신의 당당함은 그 무엇으로도 당신을 굴복시킬 수가 없을 것이다.

당신의 당당함이
새로운 사랑과 새로운 관계를 만들어줄 것이다.
당신이 나와 함께 당당한 이유는
지금 그곳에서 당신은 가장 소중한 사람이기 때문이다.

덜 불행하기가 아니라 더 행복하기

선택지

선택에 의미를 둔다.
선택에 시간을 둔다.
선택에 해답을 찾는다.

선택에 행복이 있고
선택에 불행이 있다.
선택에 내일을 찾아라.

40대 중년의 한 남성이 상담실을 찾아왔다. 가녀린 몸짓을 한 그는 의자에 앉아 말없이 한참을 있었다. 얼굴만 봐도 마음고생을 많이 한 것으로 보였다. 나는 그 남성이 말문을 열 때까지 함께 기다리고 있다가 먼저 말문을 열었다.

"많이 아프셨겠어요."

그는 아무 말도 하지 않았지만, 오랫동안 말을 못하고 앉아 있는 그 남성이 지금 얼마나 아파하고 있는지 직감할 수 있었다. 나의 말을 들은 남성이 갑자기 어깨를 흔들고 이내 커다란 눈물이 고개 숙인 채로 무릎 위로 떨어졌다. 그리고 다시 우리는 그렇게 10여 분 정적을 유지했다.

"선생님 저 너무 힘들어요. 흑 흑 흑…"

어렵게 말을 시작한 그 남성은 한없이 눈물을 흘리며 이야기를 이어 나갔다.

"저희가 사랑을 해서 결혼을 했는데, 제가 벌이가 좋지 않아서… 아이가 조금씩 커가니까 들어가는 돈도 많아지고, 그때부터 아내가 저에게 폭언을 하기 시작했어요. 그러다 몇 년 전부터 제가 저녁에 대리운전을 안 하고 집에 들어가면 왜 벌써 들어왔냐고 하면서 때리기 시작했어요. 선생님… 저 덜 불행하고 싶어요."

우리에게는 항상 두 가지 선택의 길이 있다. 처음에는 여러 갈래가 놓여질지라도 최종선택에서는 결국 두 가지 선택의 기로에 놓이게 된다. 이혼을 할까 말까 수없이 고민을 하다가 돌싱을 선택한 것처럼 말이다. 행복과 불행도 마찬가지다 우리는 언제나 선택을 해야 한다. 당신에게 행복과 불행 중 선택을 하라면 당신은 무엇을 선택하겠는가! 세상 누구도 불행을 선택하지는 않을 것이다.

"선생님 저 덜 불행하고 싶어서 이혼을 결정했어요."라고 말한 남성이 돌싱이 된 후에 다시 방문을 했다. 나는 웃으며 물었다.

"아직도 불행하세요? 아님 불행하긴 한데 전보다는 좀 덜 불행한 것 같으세요?"

남자는 수줍듯이 배시시 웃으며 말했다.

"지금은 그때보다는 좋아요."

그때보다 좋다는 말이 지금도 불행하긴 한데, 그때보다는 덜 불행하는 말일까? 아니면 그때보다는 행복하다는 말일까?

열 개의 불행(부부관계, 자녀, 재정, 건강 등)에서 네 개의 불행이 없어지고 이제는 여섯 개의 불행만 남았다. 네 가지의 불행했던 항목이 사라졌다.

그 자리를 그저 불행으로 남겨둘 것인가 아니면 그 자리를 행복으로 채울 것인가! 그것은 당신의 선택이다.

돌싱 :
'덜 불행하기'가 아닌 '더 행복하기'

나는 그 남자의 대답을 '그때보다는 행복해졌다'는 말로 해석을 했다. 덜 행복하다는 말은 조금은 불행하다는 말이고, 덜 불행하다는 말은 조금은 행복하다는 말이다.

돌싱이 된 지금 당신에게는 두 개의 선택지가 있다. 덜 불행해졌다는 생각으로 불행의 가치를 유지해 나갈 수도 있고, 조금 행복해졌다는 생각으로 행복의 가치를 유지해 나갈 수도 있다.

과연 당신의 선택은? '덜 불행해졌다'는 말은 '조금 행복해졌다'는 말과 같다. 그런데 지금까지 행복의 가치를 잘 몰랐기 때문에 행복이라는 표현에 익숙하지 못했을 뿐이다.

이제 이렇게 말하자.
"난 덜 불행해지기 위해서가 아니라
더 행복해지기 위해서 돌싱을 택한 것이야."

응원받기에 마땅한 용기 있는 선택

권리

'자유'로운 의지 속에
'책임'이라는 무게를 안고

'인내'라는 강박을 박차고
'권리'라는 자유를 선택한다.

'방종'이라 하지 않고
'방황'이라 정의하지 않는
'방법'의 차이.
그들만의 용기 있는 '선택'

결혼(結婚) : 남녀가 정식으로 부부 관계를 맺음

사실혼(事實婚) : 사실상 부부의 관계에 있으나, 혼인 신고를 하지 아니하였기 때문에 법률상 부부로 할 수 없는 상태

이혼(離婚) : 부부가 합의 또는 재판에 의하여 혼인 관계를 인위적으로 소멸시키는 일

황혼이혼(黃昏離婚): 결혼 후 오랜 세월을 함께 살다가 나이가 들어 하는 이혼

졸혼(卒婚): 결혼 생활을 졸업한다는 뜻으로 이혼하지 않은 부부가 서로 간섭하지 않고 독립적으로 살아가는 일

2023년 기준 결혼은 19만 3,657건이고 이혼은 9만 2,394 건이다. 이혼이 결혼의 45%를 차지한다. 굉장히 높은 비율이다. 물론 이혼은 황혼이혼을 비롯한 누적건수이기 때문에 절대비율이 될 수는 없지만, 수치상으로 보면 상당히 높은 숫자임에는 틀림이 없다.

사람들의 성향이 다양해지고, 다양성을 존중하면서 결혼과 이혼의 성격과 결혼과 이혼을 대하는 태도 역시 다양해지고 있다. 그러나 결혼과 이혼 모두 선택의 책임을 동반한다는 것은 같다.

기독교의 경전인 성경은 하나님과 하나님의 백성이 과부와 고아의 슬픔과 필요에 관심을 기울이며 또 그들을 보호하고 그들의 권리를 대변함을 보여준다.(출 22:22~24; 신16:11; 24:17, 19; 시68:5; 사 1:17; 10:2; 렘22:3; 마23:14) 다시 말하면 성경에서는 과부와 고아를 보호대상으로 가르쳤다.

그렇다면 지금은 어떨까? 과부와 고아를 돌보아야 하는 것은 여전히 맞지만, 사실 현대의 교회 안에서 과부는 남편으로부터 받은 재산과 자녀들이 있기 때문에 2,000~3,000년 전에 비한다면 어려운 생활을 한다고 볼 수는 없다.(물론 모두가 그렇다는 것은 아니다) 1970년대에만 해도 고아원이 많았고, 고아들도 많이 보였으나 최근에는 거의 보이지 않는다. 그것은 정부의 정책이 잘 되어 있기 때문이라 생각된다.

그렇다면 교회에서 돌보아 주어야 할 이들은 누구일까?

가정적으로 어려움을 당한 이들이다. 대상은 다양하다. 이혼을 한 아내와 남편, 그러한 가정의 자녀들일 것이다.

여전히 이혼을 죄악이라고 이야기하는 종교 지도자들이 많다. 그에 비하여 교회 안에서도 이혼율은 높아지고 있다. 이런 상황에서 이혼을 경험한 부부는 교회, 절, 성당을 떠나게 된다. 그 비율은 90% 이상이다. 그리고 그 후 다른 곳으로 옮긴다고 해도 정착하기는 쉽지 않다. 그렇게 여러 곳을 떠돌다 결국 신앙생활을 하지 않게

되는 경우가 생각보다 많다.

돌싱 :
용기 있게 권리를 당당하게 행하는 것

돌싱.

창피하다고 생각하지 말고 과거에 얽매여 아파하지도 말고 당당하게 사랑하고 살아가도록 하자. 자신의 행복을 위해서 그리고 행복을 찾아서 큰 결단을 했다.

많은 이들이 돌싱을 원하지만 이런저런 사정으로 돌싱이 되지 못하고 계속 힘들게 결혼 생활을 유지하고 있는 사람들이 많다.

졸혼 또는 황혼이혼이라는 말이 왜 나왔겠는가. 졸혼은 오히려 더 좋은 것 같지만, 그래도 가족을 유지해야 한다는 책임감 때문에 만들어진 것이고, 황혼이혼은 수십 년을 그렇게 힘들게 살다가 이제라도 다시 행복을 찾기 위해 결단하여 늦은 나이에 이혼을 하는 것 아닌가. 자녀들도 졸혼이나 황혼이혼을 찬성하는 이들이 있고, 나이 들어 그걸 뭐하러 하냐고 말리는 자녀들도 있다.

그런 의미에서 지금 돌싱을 선택한 당신의 용기는 응원을 받기에 마땅하다. 당신은 더 많은 인생을 또는 조금이라도 남은 인생을 행복하게 만들기 위해서 용기 있는 소중한 선택을 한 것이다.

행복을 위해 큰 결정을 내리기 전까지 얼마나 힘들었을까? 그 힘 듦을 각오하고 행복을 위한 결정을 하기까지 얼마나 큰 용기가 필요 했을지 나는 알고 있다.

결혼과 이혼에 책임이 따르는 것처럼, 돌싱에 대한 책임도 분명히 있다. 당신이 그 책임을 다해주기를 바란다. 가족에 대한 책임, 자녀에 대한 책임. 돌싱 후 더 행복해지려면 그 책임을 다해야 하는 것이다.

당신에게는 만나는 것과 헤어지는 것에 대한 권리와 책임이 있다. 모든 상황이 당신의 자유의지에 의해 결정된다.

단, 명심해야 한다.

자유의지에는 언제나 책임이 따른다.

그 무게 때문에 마음이 상하고 육체가 힘들어질 수 있지만,

잘 버티고 지금까지 왔으니

앞으로도 잘 할 수 있을 거라 믿는다.

힘든 시간을 잘 견뎌내고 있을

모든 돌싱을 응원한다.

우리들의
교향곡

교향곡은 동시에 울리는 음 또는 완전협화음을 의미한다. 교향곡은 관악기와 현악기가 서로 조화를 이루도록 작곡된 가장 큰 규모의 기악곡이다. 가장 크고 완전한 짜임새를 가지고 있다.

우리들의 교향곡은 솔로와 돌싱들이 가슴앓이를 통해 성숙되어진 과정을 위로하며, 다시 사랑을 꿈꾸는 이들과 함께 만들어가는 아름다운 세상을 향한 노래와 행복을 그려 나가는 '사랑'이며 '축복'이다.

3

아름다운 화음을
만드는
우리의 삶

함께 기뻐해줄 단 한 사람

황무지 꽃

그리움 황무지같이 메말라 날리우고
그대 맘 찢기고 찢기인 흙밭이 되어
사랑의 풀 한 포기 자라지 못할 때

촉촉한 눈물조차 흐르지 못하고
사랑의 입술조차 열리지 않을 때

작은 동백나무 하나 심어
매일 매일 사랑의 물 한 바가지 길어
외로워 목마르지 않게 정성껏 돌보리라.

때론 더 커다란 폭풍으로
그 작은 나무 쓰러지려 할 때면
밤새도록 붙잡아 지켜주리라.

뜨거운 태양에 작은 잎 메말라
쩍쩍 갈라지는 쓰라림 겪을 때면
한 잎 한 잎 눈물로 적셔 주리라.

작은 나무 숲을 이뤄 황무지에 꽃피고
시냇가 작은 새가 즐겁게 노래하며
들짐승들 뛰놀고 사람들이 쉼을 쉴 때

나는 그때 그 사랑을 하늘 높이 들어 올려
그 어떤 아픔도 진정한 사랑 있으면
이김이 있다는 것을 세상에 알리리라.

하나에 하나를 더했다. 하나에 하나를 더하면 둘이 아닌 셋이 되는 것이 사랑이다. 당신의 마음이 황무지처럼 메말라 가고, 오래된 소나무 껍질처럼 쩍쩍 갈라져 쓰라림이 극한으로 치달을 때.

당신의 손을 잡아 준 사람을 찾자.
당신의 손을 필요로 하는 사람을 찾자.

우아하지만 외로웠던 솔로의 전주곡과 아직 희망을 품고 다시 시작한 돌싱의 변주곡을 연주했다면, 남은 건 하나이다. 혼자가 아닌, 둘이 함께 연주하는 교향곡의 클라이맥스에 나아가보자.

나는 당신이 설렘과 다시 새로운 꿈을 꾸기를 소망한다.

당신 역시 개인적인 새로운 꿈을 꾸고 그 꿈을 통해 설렘을 가져야 한다. 50여 명이 넘는 단원들과 2시간 가까운 교향곡을 연주하고 땀에 흠뻑 젖은 지휘자가 마지막 지휘봉을 위로 치켜 세움과 동시에 관중들의 환호와 박수는 또 하나의 새로운 교향곡의 완성을 만들어준다. 만약 그 긴 시간에 모든 에너지를 쏟고 뒤를 돌아봤는데, 관중이 단 한 사람도 없다면 얼마나 허무할까.

사랑은 바로 이런 것이다. 열심히 공부하고 일해서 자신이 원하는 모든 것을 이루었는데, 옆에 사랑하는 사람이 없다면 행복하지 않을 것이다. **진짜 행복은 당신이 모든 것을 이룬 그 자리에 함께 기뻐해줄 한 사람의 사랑하는 사람이 옆에 있을 때 가능하다.**

그렇기 때문에 사랑은 그 어떠한 세상의 성공보다 더 위대하다. 비전은 사회적인 성공만을 그리는 것을 말하는 것이 아니다. 당신이 이루게 될 아름다운 가정과 당신의 가정을 통해서 이루어질 더 아름다운 영향력이 우리에게 더 큰 소망이고 꿈이 되면 좋겠다.

이제 솔로(돌싱)들의 아름다운 교향곡 클라이맥스에 도달하고 정점을 찍는다.

당신이 계속 설레고
당신이 계속 꿈을 꾸고
당신이 계속 사랑하기를 축복한다.

더 많은 감사에 익숙해져야 한다

당신이 있음에

당신은 오늘도
내가 살아가야 할 이유를
조용히 알려줍니다.

나비가 꽃을 찾아다니는 것이
자신의 배부름만을 위함이
아닌 것처럼

당신이 내게 있음은
사랑하는 것 그 이상의
가치가 있습니다.

목적이 있는 삶은 아름답다.

어디로 가야 할지 모르고 있는 삶은 살아도 살아 있는 것이 아닐 수 있다. 사랑하는 사람이 있는 사람은 행복한 사람이다. 때로는 그로 인해서 아픔도 있겠지만 그러나 분명 그는 나의 삶에 기쁨이 된다.

1960년 대한민국의 1인당 국민소득은 세계 70위(79달러)에 불과했다. 칠레(29위), 일본(30위) 멕시코(34위), 브라질(51위), 케냐(69위)였으니 전쟁 후 대한민국이 얼마나 어려운 시대였는지를 알 수 있다. 힘들고 어려운 상황에서도 우리의 부모님들은 자식의 교육을 위해서 자신의 몸을 아끼지 않았고, 그로 인하여 2023년 기준 1인당 국민소득은 세계 22위로 성장하였고, 평균교육 수준은 세계 최고가 되었다.

어떻게 이런 놀라운 기적 같은 일들이 일어날 수 있었을까? 우리 부모들님의 목적이 분명했기 때문이다. 자신이 이루지 못한 꿈을 자식 대에서 이루게 하려는 확실한 목적이 있었기 때문에 수없이 많은 부모님들은 땀방울을 흘리면서 그 수고를 아끼지 않으셨던 것이다.

이러한 부모님들의 노력은 세계에 흩어져 있는 부모님들도 다르지 않았다. 휴일도 없이 불철주야 일을 하면서 자식들을 대학에 보내는 것이 부모님들의 유일한 목표였다. 자신들은 멸시와 조롱과 인종차별까지 당하면서도 그 설움을 견디며 자녀를 위해 일했다.

그로 인해 많은 이민 2세들은 일류 대학에 들어갈 수 있었다. 오직, 자녀들이 잘 자라는 것을 바라보며 삶의 보람을 찾는 우리 부모님들에게 자녀들이 부모가 살아가야 할 이유였던 것이다.

다시 꿈을 가지고 목표를 세우자.

넓고 넓은 세상에 나 혼자 있다고 생각했던 과거는 잊고, 새로운 사랑을 맞이하도록 하자. 당신의 부모님이 그랬던 것처럼 당신의 삶과 사랑에 확실한 목적을 두고 살아가도록 하자. 희망을 포기하지 말고, 다시 설렘을 느끼도록 해보자.

무기력함으로 인해 삶에 의욕이 없고, 내일이 기다려지지 않을 정도로 힘들고 아플 때, 당신이 아무것도 할 수 없을 때, 그리고 할 수 없다고 느낄 때, 바로 그때, 당신을 사랑해 주는 사람이 옆에 있을 수 있게 하자. **당신이 사랑하는 사람과 함께 목적을 만들고 그 에너지가 넘치도록 할 수 있다면, 반드시 지금보다 나은 내일을 만들어 갈 수 있을 것이다.**

사랑하는 사람과 함께 새로운 내일을 기다리는 것은 분명 축복이다. 그 누구라도, 그 어떠한 것이라도 그것이 비단 악으로 향하는 것이 아니라면, 그것으로 인하여 우리가 살아야 할 이유가 정해질 수 있을 것이다. 그리고 그 이유가 되는 이를 더욱 사랑하도록 하자.

누군가로 인하여 내일을 살아야 할 목적이 생기게 된다면,
분명 당신은 축복받은 사람이다.

지금이라도 그 사실을 알게 되었다면, 인정해보자.
그리고 지금 그에게 다가가 감사의 입맞춤을 하자.

우리는
더 많은 감사에 익숙해져야 한다.

마음을 감추지 마세요

감추지 마세요

당신
아프면
아프다고 말하세요.

힘이 들면
잠시 쉬었다 가시구요.

슬프면
마음껏 울어 버리세요.

좋으면
큰 소리로 웃어보세요.

당신의 마음을
억지로 감추지 마세요.

누구나 살면서 느끼게 되는 기본적인 감정이 있다.

희(喜), 로(怒), 애(哀), 락(樂).

기쁨, 노여움, 슬픔, 즐거움. 이 감정은 언제나 우리와 함께 있다. 많은 이들이 이러한 감정을 내려놓기 위해서 묵언수행이나, 명상 등의 수련을 한다. 그러나 묵언수행이나 명상 등은 이러한 감정을 내려놓기 위한 훈련이 아니라, 이 감정을 스스로 컨트롤 할 수 있는 능력을 키우기 위한 훈련이라는 것을 알아야 한다.

그런데 인간이 사회를 이루면서 배려와 개인 성격이라는 온갖 구실을 만들어 내면서 원초적인 감정들을 감추려 하는 일이 생기기 시작했고, 고스란히 그 고통은 우리의 몫이 되어 버렸다. 이러한 상황 속에서 당신도 희로애락의 감정을 이미 잊고 살아가고 있을 것이다.

당신이 마음의 아픔을 만들고 있는 이유이기도 하다. 마치 습기가 가득한 밀폐된 공간에 곰팡이가 순식간에 번져가듯이 닫혀버린 당신의 마음속에 사랑에 대한, 이성에 대한, 결혼에 대한 부정적인 감정들이 당신도 모르는 사이에 번식되어 있을 것이다.

기쁜 감정을 만들기 위해 억지로 웃으려 하고, 화를 참는다는 것

이 결국 더 커다란 화를 만들게 되고, 울기라도 하면 마치 나의 마음을 들켜 버린다는 생각에 울음을 참고, 즐거운 일이 있어 어깨춤이 저절로 나와도 우리는 표현하지 못한다.

우리뿐만 아니라 현대를 살아가는 수없이 많은 사람들이 자신의 감정을 잘 표현하지 않고 생활을 한다. 사회가 많이 유연화되었다고 하지만, 여전히 돌싱에 대해 부정적인 시각을 가지고 있는 이들이 많다. 그렇기 때문에 더 힘들다.

돌싱이나 돌돌싱의 상황이 되면, 감정을 표현하는 데 익숙했던 사람조차도 소극적으로 변하게 된다. 또한 자신의 생활, 상황, 내면의 모습 등을 감추는 본능이 커지게 된다. 웃어야 할 시간에, 행복해야 할 시간에 자신의 감정을 감추는 데 그 시간을 쏟아야 하니 얼마나 힘들겠는가.

지금 당신의 모습이다. 설령 당신이 돌싱도 돌돌싱도 아니더라도, 이미 돌싱과 같은 마음을 가지고 있는 상황이라면 오히려 돌싱보다 더 힘든 시간을 보내고 있을 것이다.

'참으면 되겠지.'
'시간이 지나면 잊혀지겠지.'
'시간이 약이야.'

이러한 생각들이 스스로의 인내심을 더욱 키울 수 있다고 생각하면서 스스로 '대인배'라고 위로하지 마라. 그것은 독이 든 성배와 같다. 오히려 **시간이 지나면 수없이 많은 감정들을 감추며 살아왔던 날들이 후회로 크게 다가올 것이다.** '잘 참고 살면서 자식들 다 결혼시켰으니 잘한 거야.' 이렇게 생각하면서 대견해할까? 남들의 이런 위로가 당신에게 진짜 위로가 될까?

아니다. '자식들 잘 키우고 결혼시켰으니 잘했어. 잘 참고 살았어.' '그런데 내 인생은 이제 어떻게 하지?' '휴~ 이제 나는 무슨 낙으로 살지?' 감추려 하는 그 순간 당신은 또 하나의 아픔을 만들게 될 것이다.

힘들면 힘들다고 말을 해보자.
힘들어 아파하는 감정을 지닌 채로 살지 말자.

아프면 아프다고 말을 하자.
아픔을 억지로 참다가 상처가 덧나서
상처 부위를 잘라내야 할지도 모른다.
더 심해지면 생명까지 위험해질 수 있게 된다.

슬프면 속이 시원해질 때까지 울어보자.
즐거운 일이 있으면 큰 소리를 내서 웃어보자.
누군가 당신에게 허파에 바람이 들어갔다고

손가락질을 하면, 허파에 바람 들어갔다고 말하고
계속 웃자.

그렇게 한번 살아보자.

당신의 마음을 억지로 감추려 하지 마라.

그 습관이 당신을 더 힘들게 그리고, 더 아프게 할 것이다.

당신의 마음을 억지로 감추지 말자.

감정의 바람길 만들기

바람길

바람길이 든다
바람에 길을 낸다
커다란 장벽에
바람길을 낸다

살기 위해

서울의 도심 하천인 청계천이 복원된 후 동풍과 서풍이 번갈아 유입이 되면서 시민들의 무더위 쉼터가 되었다. 한강변에 새롭게 올려지는 아파트들은 바람길을 만들어 서울의 온도를 조금이라도 낮추려는 노력을 하고 있다.

제주에는 돌, 바람, 여자가 많아 삼다도라 불리워졌다. 바닷가 인근에는 농작물을 보호하기 위해 돌담을 길게 세워놓은 것을 볼 수 있다. 바다 인근에 밭이 있는 제주 특성상 돌담을 세워 바닷바람을 막고 바다의 염분을 막아주어 농작물을 보호하는 역할을 한다.

그런데 자세히 보면 현대 공법으로는 이해되지 않을 정도로 엉성하다. 굉장히 엉성하게 쌓아 올린 긴 벽은 쓰러지지 않고 제주도의 거센 바닷바람을 막아주고 있다. 숭숭 구멍이 뚫린 돌담은 손으로 밀면 금방이라도 무너져 내릴 것 같지만, 수십 년을 그대로 버티고 있다.

'바람길' 때문이다. 크게 엉성해 보이듯 뚫린 돌담의 구멍들이 바람길이다. 바람길이 있기 때문에 엉성해 보이는 돌담은 무너짐 없이 그렇게 바람과 바다와 공존하고 있는 것이다.

돌싱이 된 후 혹시라도 있을지도 모를 사람들의 손가락질을 막으

려고 동쪽에 높은 벽을 세웠다. 그랬더니 다시 서쪽에서 사람들이
몰려와서 서쪽에 다시 높은 벽을 올렸다. 그리고 완전한 안전을 위
해서 북쪽과 남쪽에서 높은 벽을 세웠다.

　이제야 자신을 흠집 내려는 사람들에게서 나를 보호할 수 있게 되었다고 생각하며 진한 안도의 한숨을 내쉰다. 그리고 얼마 동안 안심이 되었고, 평안했다. 몇 년이 흘렀을 때 알게 되었다.

내가 그 안에 갇혀 버렸다는 것을…

벽이 단단하면 큰 바람에 벽 전체가 무너져 버릴 수 있다.

당신이 안전하려고 쌓아 올린 그 벽에 바람길을 내어주어야 한다. 때론 사람들의 소리를 자연스럽게 흘려보내야 한다. 답답하고 힘들었던 시간들이 그대로 당신의 마음속에 남겨져 있다면 그것이 썩어 당신을 힘들게 할 것이다. 시간이 흐르면 흐를수록 부패가 심해져 당신을 더욱 힘들게 할 것이다. 바람길을 만들어 감정의 바람이 순환되게 해야 한다.

사랑과 사람

인연과 만남

바람길이 있으면 힘든 상황이 올 때

아플 수는 있어도 무너지지는 않는다.

사람이 꽃보다 아름답다

꽃보다 아름다운 당신

꽃은
온몸으로 퍼지는
아름다운 향기를 우리에게 줍니다.

꽃은
그 아름다운 모습만으로도
우리에게 미소를 선물합니다.

꽃은
그 작은 곳에서도
아름다운 순결을 지켜 나갑니다.

꽃의 아름다움보다
꽃의 향기보다
꽃의 순결함보다
더 아름다운 당신입니다.

당신이 꽃보다 아름다운 이유는
사랑하는 마음을 실천하고
용서하는 눈물을 흘리며
작지만 큰 소망으로 기뻐하기 때문입니다.

환난 중에도 즐거워할 수 있는
바다 같은 평화를 누리는 당신.

분명 당신은
꽃보다 아름다운 사람입니다.

여러 가지 향수를 파는 향수 가게로 들어갔다. 병에 어떤 향수의 이름이 적혀져 있는지 보지 않은 상태에서도 냄새를 맡으면, 우리는 그 향수가 어떤 향수인지 알 수 있다. 물론 수많은 향수의 넘버를 전부 기억하지는 못해도 자신이 좋아하는 향기는 오랫동안 기억할 수 있다.

냄새는 장미향이 분명한데, 병에는 백합향이라고 적혀 있다면 내가 틀린 것일까? 아니면 제품이 불량인 것일까? 사람도 각자 고유의 냄새를 가지고 있다. 같은 넘버의 향수를 뿌려도 사람에 따라 그 몸에서 나는 냄새는 미세하게 다르다는 것을 예민한 사람은 알 수 있을 것이다.

장미에게서 장미향이 나지 않는다면 어떻게 될까?

조화와 생화의 차이점은 향기다.

같은 50살인데, 솔로와 솔로가 아닌 사람은 향기의 차이가 난다. 흔히 홀아비 냄새라고 하는데, 몸에서 생성되는 테스토스테론, 노넨 알데하이드와 같은 호르몬과 화학물질로 인해 모공에 피지, 기름이 점차 쌓여서 냄새가 나는 것이다.

테스토스테론은 호르몬 중 하나인데 대부분 남성에게만 있다. 또

노넨알데하이드 역시 남성이 노화되며 많아지는 물질이기 때문에 관리를 하지 않으면 냄새가 날 수밖에 없다.

분명히 교회에서 나왔는데, 이 사람이 나오자마자 가래침을 '퉤' 하고 뱉는다. 분명히 절에서 108배를 드리고 나왔는데, 이 사람이 버스를 탈 때, 새치기를 한다. 분명히 결혼을 했는데, 매일 이혼을 생각하고 있다. 분명히 연인이 확실한데, 서로 사랑하지 않는다. 모양은 장미의 모양을 하고 있으나 향이 없는 조화와 같다.

당신은 어떠한가?

꽃이 아름다운 이유는 무엇인가?

길을 걷다 보면 이름 모를 야생화와 맞닥뜨릴 때가 있다. 가던 길을 멈추고 몸을 구부려 자세히 보면 말로 형언할 수 없는 색의 아름다움과 기하학적인 생김새의 조화로움에 우주의 기운을 느낄 수 있다.

꽃을 대하면 아무렇게나 피어난 꽃도 없고 마지못해 피어난 꽃도 없다는 것을 느낀다. 꽃은 번식 기능을 주로 담당하지만 곤충에게 양분과 휴식처를 제공해주기도 하고 인간에겐 감정을 순화시키는 좋은 매체가 되기도 한다.

당신이 지금 어떤 상황이라 할지라도 **지금 있는 그곳에서 본인**

의 역할을 열심히 감당하고 있다면 당신은 이미 꽃보다 아름다운 사람이다. 꽃이 아름다운 이유는 자기 자신이 아름답다고 주장하지 않기 때문이다. 결코 자만하거나 교만하지 아니하고 존재하는 모습 그대로를 드러내 보일 뿐이다.

이런 꽃보다 더 아름다운 사람이 있다. 사랑의 기쁨과 이별의 아픔 그리고 다시 사랑을 위해 노력하고 있는 당신이다. 만약 당신이 만남과 헤어짐을 통해 더 겸손해지는 방법을 알게 되었다면 은은하게 꽃향기를 풍기는 들꽃처럼 많은 사람들에게 편안함을 주게 될 것이다.

당신이 꽃보다 아름다운 이유는 사랑하는 마음이 있기 때문이다.

여러 환경의 상처를 가지고 있으면서도
서로 안아주고 위로해 주는 마음.
힘들게 지나온 시간을 가슴에 품고 있다 해도
그래도 다시 사랑하는 마음.

그 마음을 간직한다면 당신은
여전히 꽃보다 아름다운 사람이다.

사랑에도 유통기간이 있을까?

만약

기억을 통조림이라고 친다면
영원히 유통기한이 없었으면 좋겠다.

만약
유통기한을 꼭 적어야 한다면,
내 사랑의 유통기한은 만 년으로 하고 싶다.

– 영화〈중경삼림〉중

나는 20대 중반에 미국에서 유학 당시 3시간 정도 잠을 자면서 공부와 일을 했다. 세탁소와 야채배달 그리고 'TARGET'이라는 대형마트에서 청소를 하며 학교를 다녀야 했으니 열심히 20대 중반을 보냈다.

미국에 간 지 2년이 되었던 어느 날 TARGET의 시애틀 지역 마트를 관리하는 총괄 보스는 학교를 다니면서 저녁에 청소일을 성실

하게 했던 나를 좋게 보았는지, 나에게 선뜻 마트의 청소용역 책임을 맡겼던 것이다. 당시 3억5천만 원 정도의 큰 자금의 인수비용이 들어갔지만, 돈이 없었던 내게 무상으로 그곳의 책임을 맡겨 주었으니, 은혜이며 감사한 일이었다.

매일 저녁 10시 마트의 셔터가 내려지면 나는 다음 날 아침까지 청소를 했다. 바닥에 광을 내고, 카펫을 청소하고, 사무실과 화장실을 모두 청소한다. 그렇게 셔터가 내려진 마트 안에서 밤새 청소를 하고, 새벽 5시쯤 마트의 총괄매니저가 출근을 하면서 문이 열리면 그들과 반대로 나는 퇴근을 했다.

잠이 들지 않는 도시(영화 〈시애틀의 잠못 이루는 밤〉)로 알려진 시애틀의 새벽공기를 크게 들어 마신 후 교회로 가서 새벽예배를 드리고 집에 가서 잠시 잠을 청하고, 다시 학교를 가는 생활을 반복했으니 '시애틀의 잠 못 이루는 밤'을 몸소 체험하는 시기였다.

미국은 유통기한을 지키는 것이 우리나라에 비해 매우 철저하다. 유통기한이 차면 당일 저녁 재고정리 담당 직원이 일일이 분류하여 유통기한이 지난 식품을 모두 모아 커다란 쓰레기통에 가져다 버렸다. 음료수, 과자, 통조림 등등 다양한 것이 버려진다.

내가 좋아하는 초콜릿. 비스킷 등 다양한 먹거리가 있었고 그중 스타벅스 병커피는 내가 제일 좋아하는 쓰레기(?) 아니, 폐기물(?) 아니, 그냥 내가 좋아하는 유통기한이 지난 제품이었다. 대형 쓰레기 케이지가 청소 사무실과 가까이 있어서 내 키보다 더 높은 쓰레기통에 들어가서 그것들을 몇 개 가지고 창고에 가져다 두고 며칠 동안 아주 맛있게 먹었다.

유통기한 하면 떠오르는 영화가 있다. 우리나라에서는 1994년에 개봉된 홍콩영화 〈중경상림〉이다. 영화 속에 나의 마음에 잔향을 준 장면이 있어 잠깐 소개하려 한다.

24살에서 25살이 된 경찰 223(금성무 역)은 만우절에 연인 '메이'의 거짓말 같은 이별 통보를 받고 이별의 고통에 시달리는 사복 형사이다. 그는 메이가 좋아하던 과일인 파인애플 통조림을 먹는다. 그중에서도 유통기한이 자신의 생일인 5월 1일까지인 것들만을 하루에 한 통씩 구매하며 그날까지 메이가 연락하지 않으면 깔끔히 그녀를 잊자고 다짐한다. 4월 30일에도 역시 통조림을 사러 편의점에 갔지만 "우유도 아니고 통조림이라 다음 날까지가 유통기한인 제품은 팔지 않는다"는 말에 욱하여 편의점 직원과 실랑이를 벌이기도 한다.

5월 1일이 되어도 '메이'의 연락은 끝내 오지 않았다. 경찰 223은 그동안 모아왔던 모든 파인애플 통조림을 먹으며 그녀를 잊기로 한다. 그러면서 이런 말을 혼자 읊조린다.

"기억이 통조림에 들어 있다면 유통기한이 없었으면 좋겠어. 만일 유통기한을 정해야 한다면 만 년으로 해야지."

인간의 감정에 유통기한이 있을까? 사랑에도 유통기한이 있을까? 처음 만나 사랑을 하고 헤어지기까지 얼마나 많은 감정의 변화를 겪게 될까? 당신의 사랑에 유통기한이 있을까? 한 번쯤 생각해 보면 좋을 것 같아. 나도 많이 궁금해지기 시작했다.

'나의 사랑에는 유통기한이 있을까?'
'세상에 유통기한이 없는 것이 있을까?'

오늘은 파인애플을 좋아했던 사람이 내일은 다른 것을 좋아할 수 있다는 것을 인정할 수 있을까? 만약 사랑을 통조림 안에 넣을 수 있다면 유통기한이 없으면 좋겠다. 그런데 반드시 유통기한을 적어야 한다면 최소한 백 년으로 적자. 흔히 우리는 이렇게 말을 하고는 한다.

"너 하고는 여기까지야."
"너를 이해하고 용서하는 것은 여기까지야."

지금 어떠한 일로 힘들어하고 있다면, 당신의 관계 속에 적혀진

유통기한을 한번 확인해보도록 하자. 어떤 일에 있어서 열정에 대한 당신의 유통기한. 누군가와의 만남에 있어서 당신이 적어놓은 유통기한. 사랑에 대한 유통기한. 너무 짧게 적어놓지는 않았는지.

돌싱이 된 후 만남에 대하여 생각할 때 '내 사랑에 대한 유통기한은 이제 끝났어'라고 생각하고 있지는 않은가?

나는 유통기한이 지나서 버려진 커피를 다시 꺼내서 맛있게 먹었다. 그들에게 있는 유통기한이 나에게는 아직 유효했던 것이었다.

당신은 어떤가?

당신에게도 '다시 설렘'과 '다시 사랑'의 유통기한은 아직 끝나지 않았다.

당신의 감정도 여전히 유효하다.

스스로 유통기한을 과거로 정해 놓지 말고,

지금부터 백 년으로 다시 적어서 새롭게 시작하자.

사랑을

유통기한이 없는 통조림에 다시 담아두자.

인생은 숨은 그림 찾기다

숨은 그림

살며시 눈을 여세요.
무어라 속삭이는 당신의 눈동자
동공의 작은 속삭임에
기울여 듣는 나의 눈동자

나올 듯 말듯 수줍게 들어가는
참게의 눈동자처럼
당신의 눈속에 그려진
아름다운 미소를 봅니다.

천둥보다 크게 울리는
파르르 작은 떨림

당신의 모습에 감추어진
사랑의 소리를 찾아가는
숨은 그림 찾기

어느 날 늦은 시간 친하게 지내던 후배에게서 연락이 왔다. 목소리가 완전히 가라앉았고, 약간은 쉰 목소리에 울먹거리는 것을 보니 이미 많이 울었던 것을 알 수 있었다. 나는 후배에게 물었다.

"왜 그래? 울었어? 목소리가 왜 그래."

후배는 떨리는 목소리로 말했다.

"형 너무 답답해요. 아내가 제 생각과 너무 달라요. 도무지 제 이야기를 듣지 않아요."

나는 자세한 내용을 물어보았다. 평소 아내와 사이가 좋았지만, 자녀의 교육문제로 인해서 심하게 다투었다고 한다. 그리고 후배는 화가 나서 저녁에 차를 몰고 나와 자신의 연구소가 있는 전라도 지방으로 훌쩍 떠나서 하룻밤을 그곳에서 지낸 다음 다시 집으로 돌아가는 중이라는 것이다.

목소리가 쉰 이유는 차에서 운전을 하면서 소리도 쳐보고, 울어도 보고, 자신의 화를 혼자서 그렇게 삭혔다는 것이다. 지금 서울로 올라오고 있는 중인데 집으로 갈까, 서울에 있는 사무실로 갈까, 생각 중에 나에게 전화를 했던 것이었다.

나는 먼저 후배의 이야기를 다 들어주었다. 그리고 나의 생각을 이야기한 후 빨리 집으로 들어가라고 해주었다. 후배는 다행히 나와 이야기를 나눈 후 안정이 되었다고 하면서 집으로 들어간다고 하며 전화를 끊었다. 그리고 일주일이 조금 지난 후, 후배에게 문자가 왔다.

"고마워요. 형과 이야기한 후로 마음이 진정이 되었고, 집에서도 차분해지려고 노력했어요. 그리고 오늘 드디어 아내가 건조한 대화 중에도 잠시나마 입술에 작은 미소를 짓더군요. 저는 그만 눈물이 나고 말았어요."

나는 바로 답장을 해주었다.

"진정한 사랑은 숨은 그림 찾기와 같아. 사랑하는 사람의 표정에서 너에게 하고 싶은 말이 무엇인지, 바라는 것이 무엇인지 잘 찾아야 해. 축하해."

얼마 지나지 않아 후배에게서 이모티콘이 날아왔다.

"♥♥♥♥"

인생은 숨은 그림 찾기다.

당신의 인생이라는 도화지에는 이미 복잡한 그림들이 그려져 있다. 많은 사람들, 많은 빌딩들, 많은 회사들. 이 중에 당신에게 맞는 것을 잘 찾는 것이 행복을 결정하게 될 것이다.

솔로의 생활을 접고, 돌싱의 아픔을 이겨낸 우리가 해야 할 새로운 과제이다. 우리에게 숨은 그림 찾기는 선택이 아닌 필수가 되어

야 하는 이유이기도 하다. 인생의 그림 속에서 당신이 사랑하게 될
사람을 잘 찾아내는 것은 매우 중요하다.

지금까지 찾지 못해서 혼자였다면 이제 잘 찾아내야겠지?

인생의 그림 속에서 다시 사랑하게 될 사람을 잘 찾아내야 한다.
살아온 날보다 더 많은 날들을 살아가며 행복하기 위해서, 살아왔
던 날보다 더 의미 있는 행복을 위해서, 많은 사람들 속에 숨겨진
당신의 사랑을 잘 찾아야 한다.

이제 퍼즐을 완성할 때가 되었다.

숨은 그림 속에 당신의 행복을 잘 찾아보자.

이제

집중해서

행복을 찾자.

지금은 조금 쉬었다 갈 때

달리다 지치면?

열심히 달리다 보면
누구나 지칠 때가 있어요.

그럴 때는
어떻게 해야 하나요?

.

.

.

"쉬면 돼,~ 쉬었다 가!"

오랜 솔로를 탈출하고, 그리고 돌싱의 아픔도 극복한 지금. 이제 우리는 열심히 나의 길을 달리고 있을 것이다. 어떠한 프로 마라토너라도 달리다 보면 누구나 힘들 때가 있다. 바람이 얼굴을 때리고, 맞바람이 심하게 불 때면 부는 바람이 마치 나를 더 이상 달리지 못하게 하는 것 같다는 느낌이 들 때가 있다.

그러나 바람은 나를 달리게도 서게 하려는 의도는 전혀 없다. 그냥 날씨와 온도의 차이에 의해서 자연스럽게 불고 있을 뿐이다. 나를 힘들게 하는 바람이 어떤 이에게는 시원하게 느껴질 수 있다. 너무 힘이 들지만 그럴 때 이렇게 생각을 하고 계속 뛰는 경우도 있다. '바람아 네가 이기나 내가 이기나 보자!' 이를 악물고 나를 가로막고 있는 바람과 부딪치며 너무 힘겹게 앞으로 조금씩 나아가려고 하는 것이다.

어느 때는 갑자기 흙바람으로 눈을 뜰 수가 없을 정도로 심한 바람이 불고, 흙바람에 실려 온 모래가 얼굴을 따갑게 때리고 지날 때도 있다. 얼굴이 아프고, 눈을 뜰 수가 없을 때는 또 이렇게 하기도 한다. '그래 등을 돌려서 뒷걸음으로 뛰어가자. 그러면 얼굴은 아프지 않을 거야.'

무슨 재주라도 부리듯이 그렇게 뒤로 돌아 앞도 보지 못한 채로 뛰지만 얼마 가지 못해 다시 돌아서 달릴 수밖에 없다. 뒤로 뛰는 것은 생각했던 것보다 더 어렵다. 우리의 인생도 마찬가지다. 열심히 달리다 보면 너무나 힘들어 포기하고 싶을 때가 있다. 그럼에도 불구하고 마치 앞으로 달려야만 하는 숙명을 타고난 것처럼 매일 달리려고 애쓸 때가 있다.

당신은 어떤가? 그놈의 욕심이 무엇인지, 자존심이 무엇인지 도통 내려놓으려 하지 않는다. 버리면 되는데, 그냥 받아들이면 되는데 말이다. 이사를 갈 때 면 옷과 그릇들을 정리하면서 버리기는 아깝고 가지고 가봐야 쓰지도 않을 것 같을 때 당신은 어떻게 하는 타입인가?

바꿀 수 있는 것은 바꾸고 바꿀 수 없는 것은 받아들이면 되는데 우리는 그것조차 시도하려고 하지 않는다. 받아들일 수 있는 것은 받아들이고, 받아들일 수 없는 것은 인정하면 되는데, 자신의 프리즘에 가두어 절대로 받아들이지 않고 있지는 않는지 생각해보자.

정말 힘이 들고 가다가 지치면, 멈추는 법을 모르고 그대로 낭떠러지로 떨어지거나 벽에 부딪쳐서라도 멈추고 싶을 때가 있다. 그래서 많은 사람들이 너무 괴롭고 힘들면 종이에 몇 자 적어 놓고 자기의 삶을 포기해 버리기까지 한다. 남겨둔 수없이 많은 사랑들은 다 어쩌려고… 너무 괴롭고, 죽을 것 같이 힘이 들면 이렇게 해보자.

그냥 조금 쉬었다 가자.

크게 바뀌어 있지 않을 것이다. 내가 없으면 지구가 다 망할 것 같다는 쓸데없는 책임감도 다 내려놓고 조용히 쉬었다 가는 거다. 쉬고 일어났을 때 지구는 아직도 멀쩡하게 돌아가고 있음을 보게 될 것이다. 그러면 괜히 계면쩍은 마음에 나도 모르게 머리를 긁으면서 미소를 짓게 될 것이다.

'그치? 내가 그동안 좀 오버했지?'

이내 마음에 평안과 기쁨이 찾아오는 것을 느끼게 된다. 이제 마음에 오는 즐거움으로 당신의 얼굴도 광채가 나고, 육체도 훨씬 가벼워지고, 생각도 심플해져서 더 적극적으로 일을 하게 될 것이다.

잊지 마.
조금 쉬었다 가는 것이 가다가 지쳐 쓰러지거나
포기하는 것보다 훨씬 좋아.
긴 시간 아파하고 힘들어했으면 그거로 충분하다.
이제는 맘 편하게 쉬었다가 다시 일어나서 가도록 하자.
지금은 조금 쉬었다 갈 때야.

233

당신에게 필요한 건 '작은 쉼'

평안

평안은 '쉼'입니다.
당신의 약속은 온전하고
당신의 사랑은 끝이 없으며
당신만이 참 평안입니다.

이런 당신을 내 안에 모셨으니
내가 비록 고통 가운데서 처할지라도
넘치는 이 기쁨을…
더 없는 이 행복으로…

감사 외에는
내 삶에 더 구할 것이 없는 지금
나는 당신을 봅니다.
당신이 나의 평안입니다.

벨기에의 문학자 마테를링크가 쓴 〈파랑새〉라는 유명한 동화극이 있다. 크리스마스 전날 밤, 나무꾼의 두 어린 남매가 꿈을 꾼다. 꿈 속에서 느닷없이 꿈에 나타난 요술할머니가 자기의 병든 딸에게 행복을 주기 위해 파랑새를 찾아달라고 부탁했다.(그 파랑새는 행복을 의미한다)

치르치르와 미치르 남매는 요정들과 함께 길을 떠난다. 추억의 나라, 밤의 궁전, 행복의 궁전, 미래의 궁전 등을 다 찾아다녔다. 그렇지만 어디에도 파랑새는 없었고 지쳐 집으로 돌아와보니 그토록 찾아 헤매던 파랑새는 자기 집 새장에 있었음을 알게 되었다. 결국 행복이라는 것은 나와 가까이 있다는 것을 말해주고 있는 것이다.

많은 사람들은 꿈을 찾아 이곳저곳을 돌아다닌다. 오죽하면 현실에 만족하지 못하고 새로운 이상만을 추구하는 병적인 증세인 파랑새 증후군이 생겨났을까. 한곳에 만족하지 못하고 직장을 자주 옮겨 다니는 것은 MZ 세대들의 직장 문화로 자리를 잡았다.

어떤 사람들은 진리를 찾아 깨달음을 찾아 전 세계를 누비고 다니기도 하고, 도인들이나 성인들을 만나러 다니기도 한다. 그리고 진리를 찾아 끊임없이 방황한다. 과연 죽기 전에 그들이 원하는 깨달음을 얻을 수 있을까? 그들의 결과는 어디에 있을까? 그들이 진정한 행복과 진리를 찾았을까?

성경에 나오는 인물 중 솔로몬이라는 왕은 그 이전에도 이후에도 그와 같은 부와 명예를 누린 왕이 없다고 기록이 되어 있다. 그럼에도 그는 말년에 이렇게 고백을 했다.
"헛되고 헛되고 헛되고 헛되도다."

중국의 진시황제는 영원한 생을 누리기 위해서 신하들로 하여금 불로초를 찾아 전 세계를 돌아다니게 하였다. 그런 천하를 호령했던 황제도 결국 50세에 세상을 떠났다.

사랑과 평안을 위한 우리의 노력은 무엇일까? 솔로를 벗어나기 위해 발버둥치고, 돌싱이 되지 않기 위해 수많은 시간을 눈물로 보냈던 당신은 지금 과연 무엇을 찾았는가? 발버둥을 치면서 이곳저곳으로 돌아다니며 찾으려 했던 그 행복과 평안은 어디서 누가 무엇으로 주어지는 것일까?
당신이 온갖 외부적인 노력을 한다 해도 평안을 주는 사랑을 찾는 것은 그리 쉬운 것 아닐 것이다. 바쁘게 움직이는 일상 가운데에서 놀이와 문화를 가지고는 진정한 사랑과 평안을 찾을 수는 없을

것이다.

그런데 아는가? **진정한 평안은 이미 당신에게 선물로 주어져 있
다.** 그런데 너무 바쁜 일상으로 인해서 당신에게 있는 사랑과 평안
을 발견하지 못하고 있었던 것은 아닐까?

잠시 쉼을 가져보자.

조용히 침묵하는 시간을 가져 보는 것도 좋은 방법이 될 것이고,
복잡한 시내를 벗어나 한적한 곳에서 하늘의 별을 보는 것도 방법
이 될 것이다. 나 스스로 침묵하고, TV의 시끄러움에서 벗어나, 나
를 더 바쁘게 하는 핸드폰도 꺼 놓고 오롯이 당신에게 주어진 이 아
름다운 세상을 마음껏 누려보자. 새들과 이야기해보고, 나무들과 이
야기를 해보고, 흐르는 시내의 소리에 맞추어 멜로디를 조용히 그
려 보는 것이다.

아름다운 세상 속에 내가 있음을 감사하게 될 것이다.

행복은 멀리 있지 않다.

사랑도 멀리 있지 않다.

당신의 쉼은

진정한 사랑을 보는 눈을 만들어줄 것이다.

지금 당신에게 필요한 것은

많은 것이 아니라

작은 '쉼'이다.

인생의 터널을 지날 때

안갯길을 갈 때

한 치 앞도 보이지 않는
깊은 안갯 길을 갈 때
나는 찾는다.
먼저 간 자의 빛을

칠흑 같은 어둠 속
깊은 터널을 지날 때
나는 즐긴다.
어둠 속의 고요를

멋지게만 보이던 높은 산
깊은 숲길에 혼자 있을 때
나도 모르는 두려움이 엄습할 때

선인들의 앞선 발걸음을 따라
말 없는 침묵으로 인고의 길을 갈 때

나는 다시 누군가의
선인이 될 것이다.

전쟁의 두려움은 세상의 그 어떤 것보다 커다란 공포다. 전쟁은 우리 민족에게 큰 두려움을 남겨주었다. 그러나 그 커다란 사건도 시간이 지나면 잊혀진다. 지금 청소년들은 전쟁의 두려움은 아마도 없을 것 같다. 게임이나 영화를 통해서 우리 어른들이 겪었던 것보다 더 잔인하고, 끔찍한 일들을 즐기고 있기 때문에 무감각해져 버렸을지도 모른다.

진짜 우리가 두려워해야 할 것은 바로 이 무디어진 마음이다.
솔로의 연속, 돌싱의 경험보다 더 우리를 힘들게 하는 것은 행복에 대한 망각. 행복과 사랑에 대한 무뎌짐이다.

오래전 지방에서의 강연을 마치고 서울로 올라오는데, 눈이 내리기 시작하더니 서해안 고속도로에 들어서자 눈발이 거칠어지기 시작했다. 순식간에 눈이 도로에 쌓이고, 앞차가 보이지 않을 정도였다. 비상등을 켜고 아주 느리게 눈길을 갈 때 나는 처음으로 눈길 운전의 두려움을 느꼈다. 이런 상황에서 나에게 가장 반가운 두 가지가 있었다.

첫째는 앞선 차량이다. 한 치 앞도 보이지 않는 상황에서 앞차의 비상등은 나를 인도해주는 장치였다. 평소에는 앞차가 비상등을 켜고 천천히 가면 추월을 하는데, 이날은 오히려 내가 그 차의 꽁무니를 따라가는 것이 좋았다.

둘째는 터널이다. 평소에는 답답해서 터널을 지나는 것을 좋아하지 않았는데, 눈보라가 심하게 몰아치는 이날의 터널은 눈보라를 피할 수 있는 새로운 관점의 피난처가 되었다. 지금 당신이 고난의 터널을 지나고 있다고 생각하고 있다면 그 고난의 터널이 오히려 당신을 안전하게 보호해줄 수 있다는 것을 느껴보자. 새로운 관점에서 터널을 바라보면 그 순간조차 감사하게 된다.

당신의 인생에서 지금의 고난과 힘듦이 오히려 당신을 안전하게 만들거나 보호해주는 시건장치가 될 수 있을 것이다. 물론 시간이 지나야 과거의 일들을 감사할 수 있겠지만 우리에게는 앞선 자들이 있지 않은가. 우리와 같은 길을 먼저 간 사람들의 일들은 당신을 안전하게 이끌어 주는 또 다른 장치가 된다.

지금 이 글이 당신에게 그랬으면 좋겠고 당신 주변 선배들이 당신에게 안전을 위한 또 다른 장치가 되길 바란다. 당신에게 있는 자신감과 잘 준비된 계획들은 앞선 도움의 장치들과 더불어 지금 엄습해 오는 두려움을 이기게 하는 힘이 될 것이다.

기쁨을 볼 수 있다면 두려움은 아무것도 아닌 것이 된다.

때로는 안갯길을 걷는 것 같고, 때로는 터널을 지나는 것 같고, 때로는 낭떠러지에서 뛰어야 할 상황이 될 수 있다. 내가 안갯길이나 눈보라 속 앞차가 나오길 바랐던 때처럼 누군가의 도움을 바라고, 도움의 손길을 잡아보자. 나 혼자 할 수 있다는 고집을 버리고 누군가와 함께 진정한 평안을 간구하자. 매일의 삶이 전쟁터 같다면 더욱 평안을 간구하자.

인생의 진짜 실패자는 실패한 사람이 아니라 실패했다고 주저앉는 사람이다. 너무 뻔한 이야기 같지만, 그 뻔한 이야기가 때론 필요할 수 있다.

인생에서 실패는 필수다. 중요한 것은 한 번도 실패하지 않은 것이 아니라 어떻게 실패를 딛고 일어섰는가 바로 그것이다. 로버트 슐러 목사는 "실패하라. 그러나 결코 포기하지 말라"고 말했다. 닉슨 전 미국 대통령 역시 "인생은 실패할 때 끝나는 것이 아니라 포기할 때 끝나는 것이다"라고 말했다.

내가 폭풍 같은 눈보라 속에서
새로운 관점과 희망을 그렸던 것처럼
당신이 지금 마치 폭풍 속을 걷는 것 같다면
새로운 관점으로 당신의 힘든 지금의 상황을 정의 내려보라.
당신이 지금 지나고 있는 인생의 터널이
당신을 안전하게 이끌어주는 장치가 될 것이다.

자유로운 사랑을 하자

자유의 춤

춤을 춘다.
꽃을 보고 춤추며 날아든
저 나비처럼

노래한다.
희망찬 아침을 기뻐하는
저 새들처럼

달려간다.
푯대를 향해 질주하는
저 경주마처럼

사랑하자.

춤추며 노래하며 두 팔 벌린

저 불꽃처럼

나 뜨겁게 사랑하리라.

올림푸스 산의 커다란 궁전에는 신들만 살고 있었다. 어느 날 만찬이 열렸는데 궁전 식탁 위에 사과 한 개가 없어진 것이었다. 신들은 여신들 중 한 젊은 여신이 사과를 훔쳐갔을 것으로 의심했다. 그런데 그 여신은 사과를 훔치지 않았고, 자신이 아니라고 이야기를 했는데도 모두가 자신을 의심하고 있으니 너무나 답답했다.

"어떻게 나를 의심할 수가 있어요. 나는 결백해요. 정 못 믿겠으면 내 몸을 갈라보란 말예요."

젊은 여신은 의심받는 것이 너무나 화가 나고 억울해서 이렇게까지 이야기를 했지만, 신들은 그 의심을 거두지 않았다. 결국 여신은 억울한 마음으로 자신이 결백하다고 외치며 울부짖는 음성으로 신들의 궁전을 뛰쳐나왔다.

그때부터 여신은 온 세상을 정처 없이 떠돌기 시작했다. 떠돌다 떠돌다 지쳐서 그만 길가에 쓰러져 죽게 되었다. 그 자리에서 꽃이 하나 피어났는데 그 꽃이 봉선화였다. 그때부터 봉선화는 씨알이 생기고 잘 익으면 손을 대기가 무섭게 씨앗을 터트렸다고 한다. '내 속을 보란 말이야.'라고 자신의 결백을 말하면서 말이다.

날아가는 새들을 보면 그들의 자유로움이 부러울 때가 있다. 너풀

대는 들녘의 나비들을 보면 그들의 평화로움이 부럽다. 이름 모를 들풀들까지도 각기 아름다운 향기를 내며 저마다의 사연을 노래한다.

새들의 노래에 맞추어 춤을 추는 나뭇가지의 아름다운 몸짓을 당신은 느낄 수 있는가? 세상은 너무나 아름답게 만들어졌다. 새는 새대로, 곤충은 곤충대로, 식물은 식물대로 각자 자유롭게 가장 아름다운 사랑을 만들어 내고 있다. 어느 것의 방해도 없이 누구의 눈치도 보지 않는다.

우리는 지금까지 얼마나 많이 그리고 자주 사람들의 눈치를 보며 살아왔는가? 우리의 가슴속에 심겨진 아름답고 교양 있는, 위선으로 가리워진 가시 줄기가 여전히 우리로 사랑을 하지 못하게 하고 있는 것은 아닐까? 체면과 지위가 진정한 사랑에서 멀어지게 만들고 있는 것은 아닐까?

이제 자유로운 사랑을 하고, 뜨거운 사랑을 노래하자.
장작더미의 타오르는 불꽃을 보면 불꽃의 위치는 정해진 방향이 없다. 악보도 없고, 지휘하는 이도 없지만 얼마나 아름답게 춤을 추고 있는지 모른다.
"사랑은 자유로운 인간이 취할 수 있는 유일한 의사소통 수단이다."라는 말이 있다. 가장 아름답고 가장 자유로운 소통. 마음속에 감정이 메말라 가고 있다는 것을 느낀다면, 스스로 소통의 능력이 소멸되고 있다는 것을 말한다. 사랑이라는 가장 고귀한 소통수단을 사용하지 않고 있기 때문일 것이다.

이제 자유로운 사랑을 하자.

이제 뜨거운 사랑으로 우리의 번뇌를 태워 버리자.

당신은 태양보다 빛나는 존재다

콜라보

태양과

바다와

달과

산과

하늘과

내 맘이

모두 빛난다

저녁 12시가 다 되어가는 늦은 시간에 전화벨이 울린다. 놀란 마음에 전화를 받았다. 나의 목소리가 들리자 대성통곡을 하며 흐느끼는 소리가 내 마음을 쿵 하고 쳤다. 나와 오랫동안 심리상담을 하던 A양은 정서적 불안감으로 힘들어했었다.

"선생님 저 죽을 거 같아요. 너무 힘들어요."

자신이 사귀던 남자친구와 헤어질 것 같다면서 울며 전화를 한 것이었다. 너무 늦은 시간에 전화를 해서 갑자기 우는 상황이 처음은 아니었다. 나는 좀 강한 어조로 이야기를 했다.

"별일 없을 거예요. 그리고 지금은 너무 늦었으니. 내일 이야기해요."

전화를 끊고 나서 나는 밤새 불안했다. '혹시라도 잘못되면 어떻게 하지?' 하는 생각부터 시작해서 혼자 울고 힘들어 할 것 같은 A양이 걱정이 되어 밤새 잠을 이루지 못했다.

다음 날 아침 나는 A양의 SNS를 빠르게 확인했다. 혹시 무슨 일이 있었는지 궁금했었다. 쩝~ 그녀는 오늘이 자신의 생일이라고 아침에 출근하자마자 직원들이 준비한 생일 케이크를 자르면서 크게 웃고 있는 모습을 올렸다. 밤새 나는 걱정으로 잠을 못 잤는데, 정작 당사자는 언제 그랬냐는 모습을 하고 있다. 걱정했던 일이 발

생되지 않아서 다행이긴 했지만, 난 좀 억울한 느낌이 들기도 했다. 해프닝이었다.

어제는 울고, 오늘은 웃고, 어제는 죽을 것 같이 힘들었고, 오늘은 다시 열심히 살고. 수시로 절망과 희망을 오고 가는 자신을 본 적이 있는가? 평생 솔로일 것 같고, 평생 실패자일 것 같은 당신의 모습을 거울로 비추어본 적이 있는가? 여전히 연약한 것 같고, 여전히 웃을 일이 없어 보이는가? 사랑을 할 수 없을 것 같고, 사랑을 해서도 안 될 것 같은가? 아니다, 전혀 그렇지 않다.

설령 지금까지 모든 만남에 실패를 했어도.

설령 지금까지 되는 일이 하나도 없었다 해도.

계획한 것이 전부 원하는 대로 되지 않았다 할지라도.

잊지 마라.

당신은 태양보다 더 빛나는 존재이다.

다시 행복의 꿈을 그리자

꿈을 그리자

어린아이처럼
그림을 그리자

틀려도 달라도
다시 그려지는

행복을 만드는
꿈을 그려보자

상상이란? 사람이 대상이나 현상을 머릿속으로 그려 보는 것을 말한다. 우리가 가지고 있는 특권 중 하나가 바로 생각하는 것, 상상하는 것 아닐까? 이것을 다른 말로 꿈이라 하고 비전이라고 한다.

2014년 '커넥팅랩'이라는 곳에서 여러 IT 업계와 마케팅 전문가들이 공동으로 집필한 《사물인터넷》이라는 책이 있다. 당시만 해도 새로운 시대를 이끌어갈 미래의 산물로 다루어졌다. 사물인터넷(IoT: Internet of Things)이란 스스로 행동할 수 있는 지능을 가진 각각의 사물이 네트워크를 통하여 사람 혹은 다른 사물과 소통을 하고, 그 결과로 얻은 정보를 바탕으로 새로운 가치 및 서비스를 제공하는 것을 말한다. 예를 들어 다양한 스마트 기기들이 연결되어 가정에서 출입감지, 화재감지와 스마트TV나 스피커를 켜고 제어하는 기능이 그것이다.

사물들이 서로 소통을 한다. 만화 영화에 보면 그릇이 말을 하고, 주전자가 말을 하면서 서로 교감하고 주인공을 돕는 장면이 나오는데 바로 그런 것을 말하는 것이다. 불과 10년 전 발표된 이 단어가 상상과도 같았지만 이제는 현실로 옮겨졌고 우리가 사용하고 있다.

1977년 〈스타워즈〉라는 영화가 처음 나왔을 때부터 영화 속에 나왔던 광선검이 2015년 개발단계에 이르렀고 현재는 사용단계에 이르렀다. 이미 로봇의 눈에서 나오는 레이저 광선은 크고 단단한 철강을 자르는 공업기술로 사용되고 있다.

현대를 살아가는 우리는 이미 이같은 광선검의 효능을 접했을 것이다. 성형외과나 피부과에서도 이미 오래전부터 사용되고 있다. 얼굴에 점을 빼는 것도 레이저 광선으로 하고 있으니 당신도 이미 경험자다. 인간의 상상력은 끝이 없고, 그 상상은 그대로 현실이 되고 있다.

연애를 하고 사랑을 할 때도 우리는 끊임없이 상상을 한다. 오늘은 무엇을 했을까? 오늘은 어떤 옷을 입었을까? 가수 이선희의 노래처럼 달 밝은 밤에 내 생각을 얼마나 할까? 잠이 들면 무슨 꿈을 꿀까? 등등 수많은 상상을 한다. 결혼을 하면 또 상상을 한다. 우리 자녀는 어떻게 생겼을까, 누구를 닮았을까 등등.

그런데 그 상상이 깨지기 시작하면서 서로에 대한 관심은 실망으로 바뀌게 되고 두 사람 중 누군가는 더 참고, 누군가는 더 화를 낸다. 물론 이런 상황에서 끊임없이 참으며 살아가는 부부들도 많다. 우리네 부모님들이 그러했다. 그렇지만 이제는 다르다. 생각이 바뀌고 환경이 바뀌고 그 환경 속에서 살아가는 사고력이 바뀌었다.

돌싱을 선택하는 이들은 꿈을 다시 꾸고 싶은 욕망이 있다.

그런데 막상 돌싱이 되고 나니 그 꿈에 대한 욕망이 사라져 버리게 됨을 경험한다. 어쩔 수 없이 돌싱이 된 이들은 그 상실감에 자신의 꿈과 계획이 전부 한순간의 잿더미로 사라져버린다. 꿈이 없어진 사람은 행복할 수 없다. 시한부 판정을 받은 환자 중에 극복할 수 있는 확률이 높은 사람은 그래도 살자고 하는 내일을 꿈꾸는 사람이라고 한다.

당신은 지금 돌싱? 아니면, 모태솔로? 잠시 솔로?

이제 다시 꿈을 꾸도록 하자.

혹시 돌싱을 준비하고 있다면 돌싱을 선택하는 목적과 바람을 포기하지 않으면 좋겠다. 그리고 꿈을 향해 한 발 움직이자. 내가 꿈을 꾸고, 내가 소망하고, 내가 말하고 있을 때, 어떤 사람은 움직이고 있다. 움직이는 사람이 오 리도 가고 십 리도 갈 수 있다.

돌싱은 좌절하고 주저앉는 시간을 최대한 아끼고 줄여야 한다.
다른 사람이 달리고 있을 때, 우리는 이혼과 사별이라는 시간으로 그만큼 멈춰 있었으니. 앞으로 진행될 인생의 시간을 절약해야 한다. "오늘은 어제 죽은 이가 그토록 꿈꾸던 내일이다."라는 말을 알고 있는가?

오늘을 살고, 내일을 준비하는 꿈을 꾸자.

그리고 내일이 오늘이 되면 실천하자.

다시 꿈을 꿀 수 있다.

우리

계속 행복의 꿈을 디자인하자.

인생은 정말 아름다워

역시 아름다운 인생

인생이 아름답다고 말할 수 있는 것은
지금이 끝이 아닌
다음이 있기 때문이다.

인생이 아름다울 수 있는 이유는
오늘이 아닌
내일을 기대할 수 있기 때문이다.

로베르토 베니니의 〈인생은 아름다워〉(1997년)라는 영화는 1930 년대 말 이탈리아에서 파시즘(무솔리니가 주장한 국수주의적, 권위주의적, 반공적인 정치적 주의 및 운동)이 맹위를 떨치던 때를 배경으로 강제 수용소 안에서 일어난 이야기를 그려낸 영화다.

감독 로베르토 베니니가 각본과 주연을 맡고 그의 아내 니콜레타 브라스키가 아내 도라 역을 맡아 부부가 호흡을 맞추어 나치의 '유태인 말살 정책'이라는 비애를 다룬 블랙코미디 영화다. 절망조차도 넘볼 수 없었던 가족애와 그래도 인생은 행복하다는 여운을 남겨준 위대한 사랑 이야기로 전 세계를 울렸던 걸작이기도 하다.

독일의 유대인 말살 정책에 따라 귀도와 아들 조수아는 강제수용소로 끌려가게 되는데, 도라는 유대인이 아니면서도 남편과 아들을 사랑한 나머지 자원하여 수용소에 들어간다.

아빠 귀도는 아들 조수아에게 수용소는 하나의 신나는 놀이터이며, 그 안에서 게임을 할 수 있다고 말하며 수용소에서의 두려움을 없애기 위해 노력을 한다. 귀도는 게임에서 이기게 되면 1등상으로 진짜 탱크를 받게 된다고 설명하는데, 장난감 탱크를 좋아하던 조수아는 솔깃해하며 아빠의 말을 사실로 믿으며 게임에 임했다.

어느 날 귀도는 탈출을 시도하다 그만 독일군에게 발각되어 잡혀갈 때, 아들 조수아를 상자 안에 숨기고 아들에게 말한다.

"조수아 오늘 이곳에 잘 숨어 있으면 마지막 1,000점을 따서 이기게 되는 거야."

그리고 끌려갈 때, 아들을 향해 우스꽝스러운 걸음을 걸으면서 윙크를 해 주며 마지막까지 아들 조수아에게 게임을 하는 것을 유지하게 하고 아버지 귀도는 사형을 당하게 된다.

1등을 하기 위해 마지막까지 궤짝 속에 숨어 하루 종일을 보낸 조수아는 날이 밝기만을 기다린다. 그 사이 독일은 연합국에 항복한다. 그리고 다음 날 수용소 광장, 혼자 남은 조수아 앞에 커다란 연합군의 탱크가 다가온다.

조수아는 드디어 숨바꼭질에서 이겨 진짜 탱크를 받았다고 생각하고, 탱크를 타고 가던 중 엄마 도라를 만나며 영화는 끝을 맺는다. 아빠의 헌신으로 인해 참혹한 홀로코스트에서도 아들 조수아에게 전쟁은 오지 않았다.

인생에 있어서 아름다움은 하나의 단어나 한순간을 말하는 것은 아니다. 슬픔, 기쁨, 외로움, 분노, 두려움, 실패, 성공, 아픔, 고난, 행복 등 이 모든 것이 합해졌을 때 비로소 '아름다운 인생'이라고 말할 수 있다.

'인생이 아름다웠다'라고 표현하는 것은 지금이 아니라 우리 인생의 마지막 때일 수 있다. 이혼의 아픔, 배우자를 먼저 하늘나라로 보낸 아픔, 그리고 돌싱인 지금이 아니라 더 나중이다. 지금 최선을 다해 살아야 하는 이유다.

당신에게 자녀가 있다면, 영화 속에 아빠처럼 아이에게 웃으며 미션을 주는 것도 좋을 것 같다. 지금 커다란 절망 속에서 몸부림치고, 외로움과 싸우고 있다 할지라도 "나의 인생은 실패다."라고 말할 필요는 없다. '저 사람 힘든가 보다' 이렇게 보여질 필요는 더더욱 없다.

오늘의 패배가 내일의 승리가 될 수 있도록 하는 게 좋다.
오늘의 부족함이 내일의 부유함으로
나타날 수 있도록 해야 한다.
오늘이 슬프다고 반드시 내일도 슬픈 것은 아니다.

솔로(돌싱)는 많이 외롭다? 외롭지 않을 수 있고, 오히려 더 즐거운 인생이 될 수도 있다. 내 말을 들어줄 사람도 없고, 나에게 먼저 다가와 말을 해 주는 사람이 많지 않고, 나의 힘듦을 이해해주는 사람 역시 많지 않을 수 있다. 그래도 우리는 주어진 시간을 즐겁게 보낼 수 있다.

시간이 흐를수록 비밀이 자꾸만 늘어나는 것 같은 기분이 들 때에는 세상의 모든 절망을 안고 있는 것 같을 때도 있다. 그래도 절망보다 큰 희망을 그릴 수 있다.

집에 돌아와 혼자 거실에서 잠들어 있는 자녀를 볼 때는 하루의 피곤보다 더 무겁게 눈물이 흐르고, 가족들과 모이는 자리는 가시방석 같은 때도 있을 것이다. 그래도 그 가족들은 우리의 희망이고 용기가 됨을 감사하자.

'내 인생은 왜 이럴까?' 한숨이 나오고 한탄할 때가 많아지는 것을 스스로 느낀다면 〈인생은 아름다워〉라는 영화를 한번 시청하라고 추천을 하고 싶다. 어떠한 상황에서도 웃을 수 있는 힘은 우리에게 내일에 있기 때문이다.

아빠 귀도는 아들 조수아에게 말했다.

"아들아, 처한 현실이 이러해도 인생은 정말 아름다운 것이란다."

아름다운 인생을 위하여 다시 연결해야 한다.

사람과 사람을 연결하고 관계와 관계를 연결해야 한다.

단지 사랑만을 위해서가 아니라

우리의 행복한 인생을 만들기 위해서다.

지금 우리가 해야 할 일이다.

다시 살자. 우리들의 교향곡

우리들의 교향곡

슬픔을 악보에 얹고
기쁨도 악보에 얹혀
눈물로 음표를 그린다.

'다시'라는 전주곡과
'이제'라는 변주곡을
'경험'이라는 악기로 연주한다.

각자의 인생이 모여
각자의 인생을 살리는
우리의 교향곡

결혼이민 여성들의 교육을 진행한 적이 있다. 중국, 베트남, 태국, 동유럽 등 다양한 여성들이 있었는데 그중 북한의 군간호사를 했던 여성의 이력이 매우 특이했다. 엄마는 중국 사람이고, 아빠는 북한 사람이라 중국에서 태어나서 어릴 때 북한으로 들어가 자랐다고 한다.

나는 결혼이민 여성들에게 한국에서 취업을 하게 되면 얼마를 받으면 좋겠는지에 대한 질문을 했다. 그때 중국 출신의 북한에서 생활했던 여성이 대답했다.

"저는 일만 할 수 있다면 돈은 조금 받아도 돼요."

나는 의아해서 물었다.

"왜 그렇게 생각해요? 한국에서는 최저급여가 정해져 있어요."

그녀는 얼굴이 상기되어 말을 했다.

"북한에서는 월급이 없어요. 일해도 월급을 안 줘요. 그러니 조금 받아도 여기서 일하면 돈을 벌 수 있어서 좋지요."

나는 깜짝 놀랐다. 사실 1970~1980년대에는 학교에서 북한은 못살고 강냉이만 먹는다고 배웠다. 그 후 정부의 햇빛정책 이후 북한의 실상에 대해 좋지 않은 모습은 학교에서 잘 가르치지 않아서 내가 간과했던 것 같다.

그녀와의 대화 후 문득 요즘 어린 학생들이 잊고 있는 6·25 참전
용사들에 대해, 독립운동을 했던 이름도 모르는 분들에 대하여 생
각해보게 되었다. 그들의 흘린 피가 없었다면 지금의 내가 있었을
까…. 그들이 있어서 내가 있다고 생각하니 '내가 있어서 당신이 살
수도 있겠구나'라는 생각을 하게 되었다.

이것은 나에게 커다란 책임감이 되었다. 불고기의 맛을 보지 못
하면 불고기를 만들 수 없다. 최근 많은 사람들이 종교를 떠나고 있
는 이유는 종교의 맛(종교를 통하여 깨닫게 되는 기쁨과 평안)을 느끼지
못하고 그저 습관처럼 종교생활을 하고 있기 때문이다. 그러므로
타인에게 종교를 전하지도 못하고 자신도 종교의 필요성과 주체성
을 잃고 결국 종교를 떠나게 되는 것이다.

인고의 시간을 보내고 '다시 시작'하고 '다시 용기' 낸 후 '다시 설
렘'의 감정을 느끼고 '다시 사랑'을 시작하는 당신. 그리고 이 모든
것들을 이기고 '다시 살기'를 선택한 솔로(돌싱)들을 축복하고 싶다.

당신은 나에게뿐 아니라 모든 이들의 축복을 받을 자격이 충분
하다. 당신은 세상을 행복하게 만들 수 있는 큰 에너지를 품은 사
람이다.

돌싱들은 다른 사람이 경험해보지 못했던 가정의 아픔을 경험해

보았기 때문에 아파하는 가정들을 회복시킬 수 있다. 큰 문제없이 서로의 행복을 빌어주면서 합의이혼을 했다면, 돌싱을 준비하는 이들이 원만하게 이혼할 수 있도록 하여 시간과 금전적인 문제를 줄일 수 있도록 도움을 줄 수 있을 것이다.

법정 싸움을 통해 힘들게 이혼을 했다면 다른 이들이 힘들어하는 시간을 줄여줄 수도 있고, 힘든 시간에 위로가 되어 줄 수도 있을 것이다. 당신이 사별의 아픔을 통해 돌싱이 되었다면, 사별 후 고통의 시간을 보내며 슬퍼하는 또 다른 이들에게 어깨를 내어주고 기대어 쉴 수 있는 나무가 되어줄 수 있다.

돌싱의 경험을 감히 6·25를 경험한 세대와 독립운동을 하신 분들에 비할 수 없겠지만, 돌싱들의 개인적인 경험들이 돌싱을 준비하는 이들에게 작은 힘이 되기를 바라고, 같은 돌싱들의 위로가 되면 좋겠다.

우리 다시 사랑할 수 있을까?

솔로들의 전주곡으로 시작하여 돌싱들의 변주곡으로 이어지면서 이제 웅장한 교향곡 선율을 들려주는 오케스트라의 마지막 연주를 기대하자.

이 책을 읽는 모든 이들은 각자의 사연이 담긴 아픈 이별의 경험을 통해 만들어진 좋은 악기를 가지고 있다. 어떤 이는 사별이라는 바이올린으로, 어떤 이는 합의이혼이라는 트럼펫으로, 또 어떤 이는 법정이혼이라는 팀파니를 연주하는 인생의 연주자가 된다. 어떤 이는 솔로라는 첼로를 연주하고, 어떤 이는 모태솔로라는 오보에를 연주한다.

사랑하는 사람들을 위해 교향곡을 연주하자. 객석에는 당신을 응원해준 가족들과 친구들을 초대하자. 그럼에도 불구하고 잘 자라주고 있는 아들과 딸을 초대하자. 우리들의 교향곡은 다시 용기를 내고 다시 살게 된 당신만이 할 수 있다.

내가 당신을 다시 숨 쉬게 한 것처럼,
당신도 다른 사람을 숨 쉬게 할 수 있다.

한 사람 한 사람 조금씩 확장되어 가면,
머지않아 세상은 다시 행복해질 수 있고,
다시 사랑하고 다시 살게 될 것이다.
나는 지금 우리들이 연주할 교향곡을 꿈꾸며
가슴이 벅차오른다.
행복한 우리를 위하여!

제로포인트가 터닝포인트!

인생의 터닝포인트를 꿈꾸는 이들과 마주하는 날들이 많아졌다. 물론 인생의 터닝포인트는 각 사람마다 관점에 따라 상이할 수 있다. 그러나 공통점은 더 나은 인생을 사는 것이었다. 나와 상담을 했던 모든 이들이 각자 처한 상황과 현실은 모두 달랐지만, 원하는 것은 같았다. 이것을 신기하다고 해야 할까? 아니면 당연하다고 해야 할까?

카페의 구석 창가에 앉아 조용히 이 책의 원고를 쓰고 있는데, 손님으로 들어온 커플이 옆 테이블에 앉더니 심각한 대화를 나누는 것이었다. 그러다 얼마 지나지 않아 여자분이 눈물을 흘리기 시작했다.

나는 글에 집중을 하느라고 그들의 이야기 내용을 알 수 없었는데 흐느끼는 소리가 들려 고개를 돌려 보았다. 커플의 남자분과 눈이 마주쳤는데, 그는 움찔 놀라는 눈빛으로 나를 보았다. 그러더니 조금 후에 나에게 다가와 말을 건넸다.

"혹시 주민관 대표님 맞으시지요? 저 구독자예요."

"아… 네 맞아요. 그러시군요… 감사합니다."

남자분이 나를 알아보았다. 나의 강연 영상과 나의 저서와 SNS의 구독자였던 것이었다. 인사를 나눈 후 얼마 지나지 않아 남자분이 내게 다가와 상담을 부탁했다.

"대표님 혹시 시간되시면 저희 상담 좀 해주실 수 있으실까요?"

두 사람은 내가 있는 곳으로 자리를 옮겨 자신들의 이야기를 해주었다.

결론은 지금 이들은 이별여행을 온 것이었다. 두 사람 모두 돌싱으로 다시 사랑을 했는데, 환경적인 어려움으로 인해 헤어짐을 결정하기로 했던 것이었다. 그런데 여전히 사랑한다고 했다. 물론 이별여행을 제주까지 온 것을 보면 싫어서 헤어지는 것이 아님은 예측할 수 있었다. 나는 이야기를 들어주고 같이 아파해주었다. 그리고 이렇게 말해주었다.

"아직 사랑하세요? 다시 사랑을 시작한 용기로 지금의 어려움을 이기도록 하세요. 지금 포기하게 되면 또 다른 후회를 반복하게 될 것이에요. 아직 사랑하세요? 진짜 사랑하세요? 그렇다면 헤어지지 말고 계속 사랑하고, 다시 더 사랑하세요. 더 사랑할 때, 이길 힘이 생길 거예요."

솔로인 사람들은 다시 사랑할 수 있다는 용기와 설렘, 커플인 사람들은 더 사랑할 수 있다는 기대와 감사를 갖도록 하자.

이 책을 다 읽은 후 아직도 다시 사랑할 용기가 나지 않는다면, 처음부터 다시 읽어보고, 그래도 안 된다면 용기를 내어 저자에게 노크를 해야 한다. 인생의 터닝포인트를 준비하는 우리가 명심해야 할 것은 지금을 제로포인트로 만드는 것이다. 제로포인트로 만들지 않았기 때문에 서로의 환경과 서로의 조건이 아직도 사랑을 막는 가장 커다란 걸림돌이 되고 있는 것이다.

뉴욕의 쌍둥이 빌딩이 테러를 당한 자리를 제로포인트로 선언을 하고, 그곳에 공원을 건립하여 모두가 그곳에서 평안을 누리게 하였다. 당신의 과거와 현실에 아픔이 더 많다면 스스로 제로포인트로 명명하고 다시 시작해야 한다. 내일은 그곳에서 많은 이들이 행복을 누릴 수 있도록, 당신이 행복을 주는 자리가 되어야 한다.

오랫동안 솔로와 돌싱에 대한 글을 준비하며 주저한 시간이 매우 길었다. 나조차도 용기를 내는 것이 쉽지 않았기 때문이다. 그래서 나 역시 나 자신에게 소리쳤다.

"제로포인트로 명명하고 지금의 터닝포인트를 만들어라."

나는 언제나 당신을 응원하고
나는 언제나 당신의 행복을 기도할 것이다.

우리 모두가 행복해지는 그날이 속히 오기를 간절하게 소망해본다.

다음 질문에 대답해 보자.
"다시 사랑할 수 있을까?"

이 글과 함께 하는 모든 이들에게, 이 글 속에 나오는 모든 주인공들에게. 그리고 지금 솔로이며, 지금 돌싱이며, 지금 돌돌싱으로써 다시 힘을 내려고 하는 당신을 응원한다.

마지막으로, 나를 응원해 주고 있는 사랑과 사람들에게 감사를 전하며 다시 설렘과 다시 꿈을 꾸게 될 당신에게 감사를 전한다.

여전히 꿈을 꾸는
소통닥터 주민관 드림

나도 솔로
다시 사랑할 수 있을까?

초판 1쇄 인쇄 _ 2024년 7월 20일
초판 1쇄 발행 _ 2024년 7월 30일

지은이 _ 주민관

펴낸곳 _ 바이북스
펴낸이 _ 윤옥초
책임 편집 _ 김태윤
책임 디자인 _ 이민영

ISBN _ 979-11-5877-378-6 03810

등록 _ 2005. 7. 12 | 제 313-2005-000148호

서울시 영등포구 선유로49길 23 아이에스비즈타워2차 1005호
편집 02)333-0812 | 마케팅 02)333-9918 | 팩스 02)333-9960
이메일 bybooks85@gmail.com
블로그 https://blog.naver.com/bybooks85

책값은 뒤표지에 있습니다.
책으로 아름다운 세상을 만듭니다. — 바이북스

미래를 함께 꿈꿀 작가님의 참신한 아이디어나 원고를 기다립니다.
이메일로 접수한 원고는 검토 후 연락드리겠습니다.